猛虎

Tiger
Tiger

李修文 著

人民文学出版社

图书在版编目（CIP）数据

猛虎下山／李修文著.――北京：人民文学出版社，2024
ISBN 978-7-02-018550-4

Ⅰ.①猛… Ⅱ.①李… Ⅲ.①长篇小说－中国－当代 Ⅳ.①I247.5

中国国家版本馆CIP数据核字（2024）第052141号

责任编辑　刘　稚　王昌改
责任印制　王重艺

出版发行　人民文学出版社
社　　址　北京市朝内大街166号
邮政编码　100705

印　　刷　北京盛通印刷股份有限公司
经　　销　全国新华书店等

字　　数　130千字
开　　本　850毫米×1168毫米　1/32
印　　张　8.875　插页1
版　　次　2024年4月北京第1版
印　　次　2024年4月第1次印刷

书　　号　978-7-02-018550-4
定　　价　58.00元

如有印装质量问题，请与本社图书销售中心调换。电话：010-65233595

目 录

001　第 一 章
014　第 二 章
029　第 三 章
042　第 四 章
057　第 五 章
071　第 六 章
085　第 七 章
099　第 八 章
113　第 九 章
127　第 十 章
144　第十一章
159　第十二章
174　第十三章
187　第十四章
201　第十五章
217　第十六章
234　第十七章
249　第十八章
265　第十九章

第一章

到我这个年纪，上山也好，下山也罢，最不能大意的，就是自己的腿脚：昨天晚上，山里下了整整一夜暴雨，我无处可去，只好躲在一座崖壁之下，避了一整夜的雨。天刚亮，雨止住了，我离开崖壁，腿脚肿胀酸痛，几乎寸步难行，恨不得按摩店理疗馆就近在咫尺，果真如此的话，推拿、扎针、拔火罐，我一样都不会落下。当然，这都是痴心妄想，我也只有拨开满山灌木，四处乱走，去找一点吃的。这还没完，你说要命不要命，很快，在一片榉树林里，我迷了路，死活都走不出去。我不服，骂了这片榉树林好几遍，又骂了自己好几十遍，终于听见，不远处，好像有河水的声音。我没有轻举妄动，反倒告诉自己，冷静下来，又跟老花眼和白内障做了半天斗争，总算看清了山谷里的那条河。这才慢腾腾地，喘着粗气，一步步踱到河边，蹲在了半人高的草丛里。等到不再喘粗气，心跳也平静下来，我还是用河水洗了把脸，然后，重新埋伏下来，只等着眼前的河水里有鱼经过。它们只要胆敢露面，到了那时，我必将回光返照，两世为人，化作闪电，迅猛出击，从草丛里杀将出去，再一口咬住它们，直把它们嚼得一根刺都不剩下。

结果，我还是想多了。两个多小时过去，我连一条鱼都没等到，有那么一阵子，我都快睡着了。好在是，动不动地，河水撞着石头，溅出的水花落到我脸上，我才能一遍遍清醒，继续趴在草丛里，硬撑了一个多小时。临近中午，我终于绝望，离开河边，重回密林之中，先是在几块巨石之间折腾了好久，要死要活，终归翻越了过去。之后，又斗胆穿过了高悬着好几只马蜂窝的黑松林，谢天谢地，在一棵枯死的黑松底下，我竟然看见了一串被落叶差点盖死的野葡萄：黑黑的，全都腐烂了，腥味直冲鼻子。可是，到了这个地步，我哪里还有什么资格去挑三拣四？说时迟，那时快，我忍住激动，咽着唾沫，二话不说，一颗颗地，将它们全都吞进了肚子里。果然，刚一吃完，肚子就疼了起来，疼得我啊，就像有人拿着刀子正在一截截地切断我的肠子。

偏偏这时候，在我正前方，十几米远的地方，有个什么东西，从一道密不透风的金刚藤背后钻了出来。钻出来之后，也不叫，也不喊，只是安安静静地看着我，不知道为什么，我却直觉得：一股杀气，奔着我就来了。我在心里暗自说了一声大事不好，赶紧揉眼睛，这才看清楚，那看着我的，不是别的什么东西，而是一只独狼。只见那独狼，满身都是泥巴，全身又瘦又长。显然，它和我一样，很久都没吃过什么像样的东西了。想到这里，我的身体上，汗毛立刻倒竖，腿脚也止不住地摇晃，却见那独狼，纹丝不动，继续盯紧着我，就像盯紧着一串腐烂的野葡萄。不不不，它盯紧的，其实是一块腐肉。

我提醒自己，一定要镇定下来，所以，我干脆朝它逼近过去。"就凭你他娘的，也敢打我的主意？"我冷笑着问它，"睁开你的狗眼，好好看看，我是不是你爹？"

那独狼，有那么一小会儿，好像被我吓住了，不自禁地往后退,但也只退了一两步,而后下定决心,死死站住,摇起尾巴,低声叫喊起来。我分明看见,它的眼珠,正在从黄褐色变成绿色,我知道,这正是它马上就要朝我动手的信号。既然如此,我还等什么呢?我还是逃命吧——什么都顾不上了,我猛吸一口气,随便找了个方向,不要命地往前跑。一路上,刺藤在我脸上划出了好几条口子,还有一根树桩,就像一把从地底长出的刀,割破了我的脚,疼得我啊,眼泪都差点掉出来,接连打了好几个趔趄,却也只好直起身来,使出仅剩的力气,跑过一大片湿漉漉的葫芦藓,再跑过一座残存的清朝末年修建的吊桥,却被一道红石岩挡住了去路。尽管如此,我也没有片刻犹豫,徒手攀上了红石岩。这红石岩上,寸草不生,我只能靠着自己的腿脚,硬生生地踩在岩石上几乎不存在的坑洼里,一步步往上挪。被树桩割破的那只脚,血还在渗出来。我没敢回头,但也知道,这些血的味道让那独狼变得更疯了,之前,它只是在叫喊,现在,叫喊声已经变成了嚎叫声。奇怪的是,就在我刚刚爬上红石岩顶上的时候,它的嚎叫声,又变成了惨叫声。我没管它,仰卧在岩石顶上,喘了好一阵子,这才缓过气来，这才去看它：却原来，那独狼，过吊桥的时候，可能是太兴奋了，没注意脚底下，它的一只后腿，被死死卡在了吊桥上的两根铁索之间。现在，它的身体已经被摔出吊桥之外，倒悬在半空中，而铁索之下，是一条早就干枯了的河床，河床上，一堆堆的怪石，正在等着跟它迎面撞上。显然，只要它从吊桥上摔下去，就算不死，顶多也只能剩下半条命，它却没有任何办法，只好继续惨叫，又像是在哀求，一声高过了一声。

而我，再也懒得多看它一眼。天知地知，我也已经很老了，满身所剩的一点力气，不足以让我可怜别人，甚至，也不足以让我可怜自己。更何况，站在红石岩顶上往下看，一场大热闹还在等着我——山底下的炼钢厂，在荒废了多年之后，在改造成蓄电池厂、游乐园和温泉度假酒店全都宣告失败之后，今天，它修旧如旧，变成了工业遗产文创园。现在，开园仪式正在进行，音乐声激昂，主持人的声音却挣脱出来，远远扩散。在主持人的邀请下，领导们依次走上舞台，靠近一颗巨大的水晶球，之后，再纷纷伸出手去，按住那颗水晶球。接下来，主持人带领全场观众开始倒数，水晶球背后的LED显示屏上也出现了倒数数字：五，四，三，二，一！"一"字刚喊完，水晶球突然通体变色，闪出蓝光，人群上空，上百只礼花筒同时炸开，领导们、台下的观众，身上都沾满了缎带与碎花。至此，工业遗产文创园的开园仪式，就算是拉开了序幕。再看全场观众，一个个，叫着喊着，鼓着掌，想起来，倒回二十多年，我也是他们中间的一个，一时之间，我的鼻子，竟然有些发酸。

对，二十多年前，在山底下的炼钢厂里，开过多少次大会，我就鼓过多少次掌。有时候，当我坐在人堆里正在鼓掌，我老婆，林小莉，隔了老远，会故意朝我看过来。我知道，那是她在鄙视我，用她的话来说，我这辈子，都不可能有坐上台的一天，我这辈子，就活该坐在台下给别人鼓掌。而且，就连在台下也坐不到前三排，只因为，前三排坐的都是至少当到了班组长的人。她的话，我认，有件事，我也心知肚明，那就是，虽说嫁给我都二十年了，但她的心里根本没有我，只有张红旗。所以，每一回，当我看见她又在鄙视我，我就故意把两只手都拍红，再定定地朝坐在第三排最边上的张红旗看过去，意思是：林小莉啊林小莉，看看你的张红旗，他又有什么了不起？不过就是个脱硫车间的副组长，说不定，哪天出个什么事故，他娘的，还不是马上被打回原形，变成跟我一样的德行？哪知道，我的这点招数，对林小莉根本没有用，到后来，只要我一边鼓着掌一边看向张红旗，她就干脆对我鼓起掌来。她的意思，我也明白，意思是：刘丰收啊刘丰收，认了吧，你就只有这点出息。

话又说回来，相比一九九九年春天开的那次改制下岗动员会，以前的林小莉，已经算是对我很客气了——这年春天，桃花刚开，我们的炼钢厂里，几乎人人都被两个传言吓破了胆子：传言之一，是工厂背后的镇虎山上突然出现了老虎。上一回山上出现老虎，还是一九六九年。当时，此地虎患猖獗，为了顺利建起钢厂，工人们成立了打虎队，两个月时间，打死的老虎共计三十六只。此后，这座山原来的名字——卧虎山，被废弃不用，改作了镇虎山。而今，三十年过去了，镇虎山上居然再次出现了老虎，最明显的证据，是一个长年住在山上的老疯子消失不见了，他的儿子上山去找了几次，最终，只找到了几片衣服的残片和一大摊变得模糊的血迹。之前，正是这个老疯子，一趟趟下山，一趟趟在厂区里跑来跑去，又呼来喊去："老虎回来了！老虎回来了！"

传言之二，是我们的炼钢厂在被一家沿海的特钢厂收购之后，即将压缩各条生产线，开始产业转型。这就意味着，从前那些生产线上的工人，大量都要下岗了。"下岗"这个词我们都不陌生，不说旁人，就说我：我妹妹，原先是机械厂里的出纳，下岗之后，一直在菜市场里卖菜，挣来的钱，每天只够一家人吃两顿饭；我老婆的姐夫，原先是百货商店的采购员，下岗之后，在建筑工地上搬了两年砖，天天喝酒，把肝喝坏了，上个月刚死；还有我的一个远房表哥，原本有一份棉纺厂车间主任的好工作，上了分流名单，只好四处找工作，一样都做不长，于是，他便隔三岔五回棉纺厂上访，两年半下来，一点结果都没有，最后，他跑进自己原来的车间，放了一把火，把自己给烧死了。说实话，这几年，炼钢厂越来越不景气，我不是没想过自己有一天也可能会下岗，只是做梦也想不到，这一天会来得这么快。镇虎山上的桃花开得正好，收购我们厂子的那家特钢厂派来了新厂长，和所有人都戴着蓝色安全帽不同，全厂上下，只有他一个人头戴着一顶红色的安全帽。这一天，戴着红色安全帽的厂长在大会上宣布，自即日起，所有四十岁以上、没担任班组长以上职务的人，都在分流下岗之列。我也是拍巴掌拍习惯了，厂长刚宣布完，我就鼓起了掌。整个会场里，差不多只有我一个人在鼓掌，我分明看见，戴红色安全帽的厂长注意到了我，我不敢看他的眼睛，但是，既然他看见了我，我也只好继续把巴掌拍下去。就连坐在第二排的张红旗也注意到了我的掌声，扭着头看我，他越是看我，我就把巴掌拍得越响。终于，我老婆，林小莉，隔了老远冲我跑过来，当着全厂子的人，给了我一耳光，又咬牙切齿地问我："刘丰收，你是个白痴吗？"

我不明所以，问她："……为什么打我？"

"你不是四十岁以上吗？"林小莉反问我。

我点头："是啊，四十三。"

林小莉继续逼问我："你是班组长吗？"

我摇头："……不是。"

"那你拍的哪门子巴掌？"林小莉就像是疯了，大声冲我喊，"要死的是你，拍巴掌的也是你，你不是白痴是什么？"

那天晚上，林小莉根本没让我进家门，反正这也不是第一回。我先是去轧钢车间，等到师弟马忠下班，再拽着他，在厂子外找了个小饭馆喝酒。原本我并没打算喝多少，可是，马忠给我带来了一个我不想听到的消息。他说，厂里给每个车间都下发了文件，文件上说，这一次，副班组长跟班组长一样，都不用下岗分流，也就是说，张红旗可以高枕无忧了。这么一来，我哪里还有脸回家见林小莉？于是，我拖着马忠，死活不让他回家，干完一瓶，再干一瓶，第三瓶喝到一半，马忠起身，非要回家不可，我骂他没出息，他竟然顶我的嘴，说我有出息，怎么不把张红旗按在地上揍一顿？他这话，可算是揭了我的短，一气之下，我把他踹倒在了地上，他却没还手，酒也像是醒了，一个劲朝我赔罪。唉，我也只好住手，要说起来，在这世上，我这师弟，只怕是唯一一个愿意给我赔罪的人了。马忠走了之后，我也出了小饭馆，在空荡荡的厂区里乱逛。路过台球厅的时候，我一眼看见，我儿子，正趴在一张台球桌上，瞄准了最后一个球——黑八，准备出杆。哪知道，这个小杂种，一看见我，球也不打了，站起身，直盯盯地看着我。那眼神，就跟他妈看我一个模样。我原本想提醒他早点回家，转念又一想，这小杂种，什么时候听过我的话？也只能动了动嘴唇，没说话，转过身去，继续在厂子里乱逛下去。

后半夜，我还是翻窗户回了家，屋子里，黑黢黢的，我偷偷爬上床，酒壮尿人胆，竟敢靠近林小莉的身体了。我一边往她身边凑，一边可怜起了自己，要知道，她那两只乳房，我已经好久都没看见过了。一想到这，我又生气了，二话不说，一翻身，压在了林小莉身上，她醒了过来，当然不想让我得逞，两只手死死攥紧了我的手。我要了个心眼，先是不再动弹，趁她稍微有点松懈，我猛然挣脱她，一把扯掉了她的内裤。她嚷了起来，这嚷声，非但没让我退回去，反倒让我攒了半天的醉意发作了，我掰开她的腿，就要进去，她也放弃了抵抗，摆出一副随便我怎么样的样子，她这样子，让我更加生气，不由得大声问她："林小莉，你好好看看，我是谁？"

"是谁都行，"林小莉干脆回答我，"赶紧的，来吧。"

醉意让我越来越疯魔，我掐着她的脖子："你好好看看，我是你男人，你是我老婆，我他娘的，叫刘丰收！"

"知道，你叫刘丰收。"林小莉停了停，突然问我，"这话，你敢去跟厂长说吗？"

我呆愣住了，想了想，嘴硬起来："跟厂长说什么？我犯得着去跟他说话？"

林小莉回答我："不用说太多，你就走到他跟前去，再跟他说，你叫刘丰收——看看你有没有这个胆子。"

完蛋了，林小莉的这几句话，彻底让我不行了。就像被电击过一样，我僵直着身体，盯着林小莉去看。看了好半天，还是从她身上下来了，自顾自，躺了一会儿，再穿好衣服，下了床，推开家门，重新回到了空荡荡的厂区。没走出去多远，我终究忍不住，扶着一根电线杆，吐了起来。正吐着，天上起了风，还是西北风，没在意地，我往炼钢厂背后的镇虎山上瞟了一眼，却被吓得魂飞魄散：一道低矮的山脊上，虽说树林全都在迎着风摇晃，但是，唯有一片树林，摇晃得格外厉害，那些树，既不向左，也不向右，只是向前挤压，就像一道急浪正在向前翻滚，一尺尺，一寸寸，快速地向山脚逼近下来。看得越清楚，我就越是胡乱想。那不是别的，那是一头怪物在朝我飞跑过来，只见它，撞断了树干，踩烂了灌木丛。说话间，它便要跳到我的跟前，再将我撕得粉碎。一下子，我的酒醒了，直起腰来，不要命地跑起来，一边跑，我一边大声喊叫着："老虎回来了！老虎回来了！"

第二章

老虎真的回来了——桃花还在开着,倒春寒却来了,前一天,人们刚准备换下棉衣,后一天,天上突然就下起了一场大雪,大雪之后,山上山下,厂内厂外,一片白茫茫。最早看见老虎的,是厂医院里的一个护士长。据说,她当时在上夜班,刚给病人换完吊瓶,一抬眼,就看见了一只老虎正从冶炼车间的房顶上跳下来,然后,大摇大摆地,它往前走了十好几米远。那护士长怀疑自己看错了,恰巧这时候,一辆货车开过来,车灯刺亮,闪了她的眼睛,只怕也闪了老虎的眼睛。这样,等她再看到老虎时,老虎已经越过围墙,站在了镇虎山最靠近厂区的山坡上。好在是,山上堆满了雪,月亮也很大,光线就特别好，那只老虎，被她看得真真切切，有相当长一段时间，她看着它，它也看着她，看着看着，她就被吓坏了，扯着嗓子，又是喊，又是叫，引得护士们纷纷跑进病房，凑到了她身边来。只不过，护士们跑进来的时候，老虎已经开始沿着山坡往山顶上跑了，所以，并不是所有人都看清楚了它。有人说它是黄色的，有人说它是黑色的，有人说它有两三百斤，有人又说它分明就有四五百斤。但是，几乎所有的人都说到了那老虎的眼睛，黄黄的，像两只小灯泡，只要它一回头，那两只小灯泡就格外亮，亮得不正常，就像是，它们越亮，它的杀心就越重。

要我说，还是暂且按下山上的老虎不表，先说厂子里的另外一只老虎吧，这只老虎的名字，就叫作"下岗分流"。我听说，那天的动员会开完之后，厂里已经成立了好几个工作组，这几天，工作组就要下到各个车间，给班组长以下的工人们打分，分数不够的人则一律就地下岗。消息一出，不说别人，反正在我眼里，整个炼钢厂，变成了火葬场：我知道，一定会有人心存侥幸，认定自己不会下岗。但我不这么想，作为一个炉前工，我对自己的斤两一清二楚。这些年里，挡渣压渣，测温取样，样样我都排在末尾，也就是说，工作组一来，第一个下岗的，只可能是我。越是这么想，我眼前的炼钢炉就越是变成了焚尸炉，接下来它要烧掉的，就是我。一连好几天，我都梦见自己已经躺在炼钢炉里，炼钢炉外，我儿子压根没有来，我老婆林小莉倒是来了，还掉了眼泪，但也很快就被张红旗拉扯着离开了。如此丢脸，叫我怎么能受得了？忍无可忍，我就不忍了。于是，我不顾自己着了满身的火，从炼钢炉里爬起来，跳出去，再推开林小莉和张红旗，在厂区里一路疯跑。我身上的火点燃了路边的树，也点燃了镇虎山上从院墙外探进厂区的荒草。最后，这把火总算把我给烧醒了。

说起来，还是幸亏了山上的那只老虎，阴差阳错地，竟然让厂子里的另外一只老虎停下了步子。自从山上的老虎跑进厂子之后，戴红色安全帽的厂长发下了令来：从当天开始，先确保安全生产，暂停下岗分流，再紧急抽调人手，立即在厂子和镇虎山之间的围墙上加筑了铁丝网；另外，巡逻队也迅速成立，每晚都要通宵值班，一定要死死防住老虎再一回跑进厂子；过了几天，厂长又发下命令，要停演了多年的厂业余剧团重新恢复演出，而且，每天晚上都只演一出戏——京剧《武松打虎》，只要不上夜班的人，都得去看。之所以这样做，一来是为了鼓舞士气，二来是，就算老虎又进了厂子，看戏的人同进同出的，互相也好有个照应。只是这么一来，那些唱戏的人可就受了苦了，白天上工，夜晚唱戏，个个都苦不堪言。只有演了十几年武松的张红旗，可能是不用下岗，精神头足得很，每到高潮戏，咚咚锵，咚咚锵，锣鼓声一阵紧似一阵。只见他，在舞台上的那只假老虎边跳来挪去，一时往前冲，一时又杀个回马枪，最后，他面朝观众，扎了个马步，再从斜刺里杀将出去，骑上假老虎的背，一拳、两拳、三拳，拳拳直击假老虎的头脸，拳拳都会迎来台下的掌声叫好声。恨得我啊，巴不得那假老虎马上变成真老虎，一口咬断他的脖子。只可惜，我连恨他都恨不上多久，下岗，下岗，我的身体里只装着两个字。这两个字，折腾得我连恨的力气都没有了。

这天晚上，戏散场之后，我和马忠一起往剧场外走，路过轧钢车间的时候，马忠突然站住，问我："要不，咱们把手给切了吧？"

我吓了一跳："……什么意思？"

马忠抬手一指厂房："我们车间的大老刘，上工的时候，左手卷进了机床，给切没了，不过，厂里说，这是工伤，再怎么改制，也得养着他，不用下岗了。"

我简直被他气笑了，反问他："手要是没了，连个饭碗都端不住，不比下岗还惨？"

马忠低头想了一会儿，再对我说："我觉得吧，下岗比手没了惨。"

我懒得再理他，一个人走掉了，走到半路，想了想，还是回了自己的高炉车间。现在，夜虽说很深了，高炉里的火，却通宵不熄，镇虎山上还有雪，车间里的热浪，倒是让人一踏进去就想赶紧跑出来。值夜班的工友们以为我也是同一班岗，都在各忙各的，没人理会我，我就一个人，蹲在高炉前面，一遍一遍，去琢磨让自己受工伤的法子。是啊，我才不像马忠那么没脑子——大老刘的手被切了，你也去把手给切了？马忠啊马忠，拜托你他娘的长长脑子好不好？哪怕我承认，你说了个好主意，可是，我一个炉前工，怎么也得在高炉车间里把自己弄成工伤才像个样子吧？就这么，我在高炉前蹲了大半宿，也想了大半宿的法子，最终，还是决定放弃。被高炉里的火烫伤是可以接受的，可要是万一火情不受控制，我把自己给活活烧死了呢？我还听说，在其他地方的炼钢厂，高炉车间的爆炸时有发生。老实说，我也知道如何让高炉起火爆炸的四五种法子，可是，爆炸要是真的发生，不要说我，只怕全车间的人都将尸骨无存。罢了罢了，天不早了，我还是回家睡觉吧。于是，我打着哈欠，起身出了车间。路过轧钢车间的时候，我听见里面的机床仍在发出轰隆咣当的声音，我走近去，贴着毛乎乎的窗玻璃往里看，却一眼看见马忠蹲在机床边发呆。原来，这个二百五，还在琢磨着让机床把自己的手给切了。

第二天一早，镇虎山上出了大事。收购我们厂子的那家特钢厂，派来了一个改制小组，一行五人，乘坐一辆切诺基前来我们的厂子，开到镇虎山脚下。厂门已经肉眼可见，一个小伙子，突然内急，下了车，直奔山洼里解决问题，然而，这一下车，就再没回来。幸亏山上还有残雪，小伙子的足迹清清楚楚，车上的人便沿着足迹，上山去找他，没找多久，足迹就不见了。足迹消失的地方，却留下了一大摊血渍，到这时候，众人已经心知不对。正疑惑着，猛然地，茫茫雪地里又传来了一阵嘶吼，听上去，那嘶吼声不是别的，就是老虎正在发怒，一下子，众人几乎全都吓得瘫软在地，互相拉扯着，连滚带爬，赶紧逃下了山去，又发动汽车，朝着厂门绝尘而去。到了厂里之后，得知情形的厂长立刻命令，要刚刚成立的巡逻队马上上山，无论如何，都得找到那小伙子，生要见人，死要见尸。哪知道，一连找了好几天，那小伙子的一根汗毛都没找到，原因很简单：混进巡逻队的那帮玩意儿，找这家抢几斤肉，再找那家夺几个瓜，这些，都是他们的本事，真要他们拼命，他们怎么敢？有一个算一个，全都是刚走到山脚下就再也不肯上山，各自找了理由，要么在山脚下鬼混，要么干脆跑掉了，毕竟个个都知道，山上的老虎可是千真万确地刚刚吃过人。如此，好多天过去，山上始终没有任何好消息传来，那小伙子，就算没被老虎吃掉，只怕冻也被冻死了。于是，我们的厂长，终于怒不可遏了，大会上，他摘下头顶的红色安全帽，狠狠砸在地上，先是宣布巡逻队就地解散，又宣布了下一个命令：从即刻起，面向全厂，成立打虎队，所有的职工，不管是谁，只要他敢报名去上山打虎，工资分文不少不说，而且，从此以后，他就再也不用下岗了！

做梦都没想到的是，我老婆，林小莉，当天晚上，竟然劝我报名参加打虎队。后半夜，正睡得迷迷糊糊地，我突然发现，自己的下面，硬了。我吓了一跳，睁开眼睛，这才看见林小莉把自己脱光了，趴在我的两腿之间，我难以置信，迷糊着问她，她这是要干什么。她倒也干脆，抬起脸，既答非所问，又认真地跟我说，她找算命的算过了，我这辈子，有七十五年阳寿，也就是说，就算我参加打虎队，上山去打老虎，这一劫，也不会要了我的命。一下子，我腾地坐起来，下面也软了，全身就像是被泼了一盆凉水，呆愣了一会儿，我问她："那个算命的，万一没算准，我被老虎吃了呢？"

林小莉回答我："……真要是那样，我估计，你也能落下个因公牺牲，到那时候，咱儿子，能顶你的班。"

停了停，她又告诉我："我听说，切了手的大老刘，他儿子就顶了他的班。"

听她这么说，顿时，我的眼泪流了出来，再问她："我的命大，还是儿子的工作大？"

哪知道，林小莉定定地看着我："你要是下了岗，咱们这一家人，命就全丢了。"

她这一席话，我拼了命也想反对，却不知道从哪里说起。我甚至想揍她一顿，也没有动手的力气，只好躺下，眼泪还是止不住地流。林小莉却不打算放过我，过了一会儿，她像是想定了一个主意，又问我，要不，明天，我好好做几个菜，她请张红旗到家里来吃顿饭？到了那时，张红旗的酒要是喝好了，求求他，把我从高炉车间调到脱硫车间去，有他照应着，兴许我就不会下岗了？听她这么说，我一边掉眼泪，一边在心里骂了一万遍张红旗：我×你妈张红旗，我×你姥姥张红旗，为什么，你爹我这半辈子都没逃过你？可是，骂完了，我还是起了床，走进厨房，去把过年时剩下的一只猪屁股给洗干净了，洗干净之后，又担心拿它来当第二天的主菜还不够分量。最后，一咬牙，我打开头顶的柜门，拿出了一支烟熏过的好几年都舍不得吃的麂子腿。

第二天，一上午，我都在等林小莉给我信儿：今天的饭，张红旗到底来不来。快到中午，林小莉总算喜滋滋地跑进了高炉车间，在高炉的火膛前，她把嘴巴贴在我的耳朵边上告诉我，张红旗已经答应了她，来吃饭，只不过，晚上他还要接着演武松，所以只有吃午饭的时间。准信儿来了，我也躲不过了，时间紧急，我便找当班的班长请了假，回家涮锅洗菜，一到家，马不停蹄地，我当大厨，林小莉打下手。结果，刚做了三个菜，我俩就吵了起来，起因是：因为张红旗祖籍江苏，第一个菜，糖醋排骨，她说我放糖放少了，我就忍了；第二个菜，小炒黄牛肉，她又死活让我放糖，我还是忍了，继续放糖；第三个菜，我琢磨着，我自己，总得有个菜吃，于是，打算给自己做个酸辣藕丁。她又让我放糖，我坚决不肯，告诉她，张红旗爱吃的菜已经够多的了，我他娘的，总得也有个爱吃的菜。哪想到，我的酸辣藕丁刚起锅，林小莉两步冲过来，端起它就倒进了垃圾桶，再对我说了两个字："放糖。"

只有天知道我是怎么了：突然之间，血气上脑，当着林小莉的面，我把锅铲狠狠砸在了锅里，围裙都没摘，我一把推开她，转身就要往家门外跑，她挡了我一下，我干脆一把将她推倒在地，推开家门，撒腿就在满天细细的雪花里狂奔了起来。家属区的小卖部、邮政所、灯光球场，还有厂区里的制氧分厂、矿石堆，废弃不用的几口高炉，它们都被我一一跑遍了，我也还是不知道自己究竟要跑到哪里去。好在这时候，厂区里的广播声响了起来，一阵开场音乐之后，照例，播音员念起了招募打虎队员的通知。一连好几天，这个通知我早已听了几十遍，现在，当我又听到它，我的身体却像是过了电一般，差点让我连站都站不住，心脏也在怦怦怦地狂跳。好了，我知道我该跑到哪里去了——穿过烧结分厂，穿过两辆比三层楼还高的运铁水的天车，再穿过乌泱乌泱刚下班的人群，我一口气，跑到了厂部大楼楼下。紧接着，噔噔地，我爬上台阶，也不管门卫们的大呼小叫，闯进大楼，再一路向前，径直跑到了三楼。门卫们乱作一团，跟在我的身后追，一边追，一边骂我瞎了狗眼，如此重地，也敢乱闯。我仍然不管他们，在三楼的楼梯口，只用了几秒钟时间，我就认清了我要去的地方，继续狂奔过去。终于，我站在了厂长办公室的门口，那帮门卫，见我根本不是闹着玩的，而是真的要硬闯厂长办公室，又都吓傻了，远远地，既不敢骂我，也不敢再朝我追过来。

我弯着腰，喘了一阵子粗气，然后，眼一闭，推开了厂长办公室的门，连厂长坐在哪儿都没看清楚，我劈头就喊了起来："厂长，我要参加打虎队！"

厂长就是厂长，稳得住，也沉得住，好半天才问我："你叫什么名字？"

"刘丰收——"我一抬头，想脸对着脸，告诉他我的名字，却一眼看见了放在办公桌上的那顶红色安全帽。这才想起，进厂二十年，我还没跟哪个厂长隔得这么近过。一时间，我又把自己给吓住了，赶紧把头低下去，只敢用眼睛的余光去看那顶安全帽，还有安全帽旁边的一盆水仙，"……我叫刘丰收。"

听完我的名字，厂长再没说话，我也只好在办公桌前站着，继续用余光看看这里，看看那里，可就是没看见厂长到底在哪里。一开始，我还在猜，也许，厂长是要想两句词儿给我鼓鼓劲？但他一直不说话，就不由得我不害怕了，脑子一清醒，我便死命骂起了自己：刘丰收啊刘丰收，你他娘的，连厂长的办公室都敢闯，你不下岗谁下岗？好在是，就在我几乎要拔脚往外逃的时候，厂长说话了："刘丰收，名字我记下了。"

咳嗽了两声，他继续说："去吧。"

几乎是救命一般，我脱口就喊："好嘞好嘞！"

于是，连厂长坐在哪里都没看清楚，我就跑出了厂长的办公室。出了门一看，那几个门卫，还守在楼梯口。一见他们，我的身上明明还在发着颤，反倒故意慢下来，一步步踱过去。这几个，也是不争气，见我拿他们不当回事，竟然全都连连后退。他们越是这样，我就越是不拿他们当回事了，偏偏走得更慢。渐渐地，我走在了前面，他们提着警棍跟在我后面，看上去，就像是我的保镖。话说回来，我现在，可是连厂长都知道名字的人，跟戏台上得了钦命的将军差不多，难道还配不上这帮狗腿子给我当回保镖？然而，我的师弟——马忠，却不拿这钦命当回事：出了厂部大楼，我去了轧钢车间找他，再劝他，跟我一起上山，跟那老虎大干一场，不是那老虎死，就是我和他一起亡。马忠这家伙，脑子却从没像今天这么好使过。

他问我，将军得了钦命，回来是要封侯的，你这一上山，十有八九被老虎吃掉，这两个钦命能一样吗？怎么不一样？我赶紧打断他，告诉他，只要当了打虎队员，就能不下岗。乖乖，现在这当口上，不跟封侯差不多？哪知道，马忠这老小子，接口就又问我：人家将军上战场，总要带几个人一块去，你呢？你的队伍呢？孤家寡人一个，只要上了山，哪还有命活着回来？哥啊，你听我的，咱哥俩，还是把手给切了吧。我还想再劝他听我的，跟我走，碰巧了，这时候，厂区里的广播声又响了起来，连开场音乐都还没放，播音员就激动地一再宣布：本站消息，高炉车间炉前四班的刘丰收同志刚刚报名参加了打虎队！本站消息，高炉车间炉前四班的刘丰收同志刚刚报名参加了打虎队！

天上还在飘雪花，我闭上嘴巴，听广播员一遍遍念着我的名字，就像做了一场梦。等我转头去看马忠，马忠不见了。我再转身，恰好看见他从车间里走出来，递给我两瓶酒，我跟他面对面站着，哭也不是，笑也不是。最终，还是接过他的两瓶酒，一个人走了，往前走了两步，总归心有不甘，再去问他：

"……真不一块儿去了？"

"不了，哥，"马忠也不好意思看我，低着头，小声叮嘱我，"……酒要喝，但得少喝点。"

第三章

满山的松树榉树苦楝树啊,你们都是我的爹,我是你们的儿子,不,孙子,我叫刘丰收,我错了,千不该万不该,我不该深夜上山来冒犯诸位。也怪我的师弟马忠,好死不死,给了我两瓶酒,我也是没办法,不喝,我就不敢往这镇虎山上多走一步——一直熬到天快黑了,恨不得全厂子的人都知道我参加了打虎队,我还是躲在厂子里不敢上山。可该来的,总是要来。广播里,突然传来了我儿子的声音。原来,是广播站的通讯员采访了我儿子,叽里呱啦,我儿子说了好长一段词儿。我当然明白,他自己根本不知道他在说什么,很显然,那好长一段词儿,都是通讯员事先帮他编好的。罢了罢了,好话都被他说了，绝路就只有他爹来走了。在几根高悬的涂成黄色的氮气管子底下，我打开一瓶白酒，一口气喝掉了大半瓶，等了十多分钟，酒意上来了，我趁着这酒意，跟中午一样，朝着镇虎山就撒腿狂奔。路过百货商店，才想起来自己吃的喝的一样都没带，就停下步子，进了商店。商店老板是从前跟我一个班组的炉前工，所以，结账的时候，他不肯要我的钱。临走，我站在柜台前，想对他挤个笑出来，拼了命也挤不出。见我这样，他也对我叹了口气，再摆手让我走。我刚走出门，他又把我叫住，再大声问我：你狗日的就这么上山？我看着他，不明白是怎么了，他让我等着他，等了一会儿，他再出来的时候，递给我一把砍柴刀，一捆绳子，一支五股钢叉，这才又一摆手，叫我赶紧滚蛋。现在，偷偷摸摸地，哆哆嗦嗦地，我进山起码两个小时了，一路走过来，实在是，太吓人了：不是苦楝树的树枝，就是松树枝和榉树枝，每隔一会儿，就愣生生地把我挡住。有时候，我刚往前走了两步，风一吹，一根树枝突然从背后伸出手来，硬生生拽住了我，就这一下子，我的魂都没了。为了把魂给找回来，我只好赶紧再灌下几口白酒，趁着酒劲上头，拿出砍柴刀，一一将树枝砍断，这才能往前挪出去一步两步。你们都看见了，我可真的不是存心想得罪你们，不过，就算这样，我还是想觍着脸，跟你们打个商量：诸位在上，你们别再拉我拽我地吓唬我了，行不行？好不好？

满山的狐狸野猪猫头鹰啊，你们都是我的爹，我是你们的儿子，不，孙子，我叫刘丰收，我错了，千不该万不该，我不该深夜上山来冒犯诸位。现在，像你们看到的，在一块巨石边上，我跪下，老老实实，在地上洒了三杯酒，全都敬给你们。这第一杯，我要敬刚上山时撞见的那群狐狸：虽然天上有月亮，但它有一大半都被云层遮住了，这么着，一开始，当我在一片长满了铁线蕨的沙壤地里横冲直撞，看见一个两个小红点不停地闪时，我压根都没想到，那小红点，其实是狐狸的眼睛，而我，闯进了狐狸洞成堆的地方。很快，小红点们越聚越多，从铁线蕨里钻出来，浮上半空，再四散开去，然后又飞快地朝我合拢过来。骤然间，我明白过来，它们不是别的，它们是狐狸钻出了洞，又纷纷直立，这才使那些小红点们浮上半空。说话间，那些小红点们已经把我围在了正当中，虽说只是狐狸，最大的，直起身来也足足有半人高。眼见着它们离我越来越近，耳听得它们一只只地嗷嗷叫了起来，我的头皮，一下子就麻了。天啦天啦，这可如何是好？下一秒钟，它们会不会就同时发动，奔向我，再把我扯碎撕烂？菩萨保佑，幸亏菩萨保佑：恰在这时候，两头野猪，并排低着头，一边吃着什么，一边闷哼着，朝我走过来，也朝狐狸们走了过去。它们快要经过我时，我生怕被它们发现，赶紧憋着气，乖乖站好，一点声都不敢发出来，再眼看着它们顺利地走进了狐狸们的包围圈。果然，它们刚一走进包围圈，为首的狐狸尖叫一声，剩下的狐狸们顿时像一把把刺出去的刀，红点变成红线，齐刷刷奔向了那两头野猪。紧接着，惨叫声响起，那两头野猪疯了一样往前奔，那些红线却紧追不放，终于追到了一座悬崖前，野猪们丝毫都不犹豫，跳了下去，而那些红线更是好像流弹，一颗颗刺向了悬崖之下。远远地，我只听见，野猪们还在惨叫，一声比一声高，很快又没了声音，倒是惊得林中的鸟和野鸡四下里乱飞。一只猫头鹰，飞了一阵子，突然回头，站在了我的肩膀上。我才看清楚，它不敢再往前飞，是因为在不远处，又有一个不知道是什么的好大的家伙正朝着我和它奔过来。那动静，搅得好几棵树都摇晃着停不下来，吓得我啊，什么都顾不上，抓住一根从树上伸下的藤条，用力蹬踏，这才晃晃悠悠地，跨过了树林之外的一条河，来到了活命的地方。所以，菩萨们啊，你们说，这第二杯，这第三杯，我要是不敬那两头野猪，不敬那只站在我肩膀上的猫头鹰，还能敬谁？

最后，我的老虎哥、老虎爹、老虎祖宗，这剩下的满满一瓶白酒，我要敬给你。就在刚刚，我一口气，把它喝得一滴都没剩。别拦着我，谁都别拦着我，不如此，就不足以表明我对你的敬意，不如此，我哪还有脸在我大哥的地盘上混下去？对了，我叫你大哥，你不会生气吧？老虎哥，别怪你兄弟，你兄弟我，已经喝多了，你也不是没看到，这满满一瓶灌下去，我都吐了好几回了。好吧，你就对你兄弟说句实话：刚才，河对岸，那个朝我和猫头鹰奔过来的好大的家伙，到底是不是你？什么？不是你？别别别，要是连兄弟都骗兄弟，这世上，就更不值得咱俩来一遭啦。这不，我都看见你了——河对岸的那几棵大树，在摇晃了好半天之后，总算停下，半人高的灌木丛又开始动了，高一下，低一下。别骗我，那就是你正朝着你兄弟走过来呢，我都听见你的喘气声了。还别说，大哥，你越朝我走近，我这心里啊，就越不是滋味。大哥，大哥，看看你兄弟，被那山底下的厂子都欺负成啥样了？林小莉不管我，我儿子不管我，但是，你不会不管我，你也不会不心疼我，对不对？

终于，你从灌木丛里现身出来，坐下，隔了一条河，慢悠悠地问我："大半夜的跑上山，不想活命了吗？"

我的鼻子竟然一酸，赶紧回答你："……我也不想来，可上山是个死，不上山也是个死，我就来了。"

我停了停，又跟你说："反正，咱俩都是可怜人。"

你的身体，应该是抽搐了一下，两只眼睛，就跟厂医院里那个护士长说的一样，像两只小灯泡："这么说，你认出我来了？"

我接口就回答你："我认得你。"

你像是笑了一下："那好，你说说，我是谁？"

我大着胆子，自顾自地说下去："一九六九年，这座山，还叫卧虎山，为了建炼钢厂，山底下的人成立了打虎队，短短两个月，打虎队就打死了三十六只老虎，剩下的老虎，闻风丧胆，全都跑没了。但是，有一只母虎，因为带着只幼虎，行动不便，被打虎队围在了山顶上。好在那母虎早有防备，把幼虎推下了山，那幼虎就一边哭，一边又凭自己的力气，爬到了另外一座山顶上。隔得太远了，队员们手里的火铳射程又太近，根本打不到它，它也只能眼睁睁地看着那只母虎被队员们开枪打死了。母虎被打死之前，那幼虎，突然开口了，说的是人话，它求他们，放过它母亲，可是，他们没放过那母虎，所以，等母虎死后，那幼虎，发了狠，接着说人话。它说，只要它活一天，它就不会放过厂子里的人。如果我没认错，你应该就是当年的那只幼虎。"

听我说得这么坚决，不自禁地，你愣怔了一会儿，叹了口气，又跟我说："你……果然认得我。"

我赶紧补了一句："咱俩都是可怜人。"

你又有好一阵子没说话，再说话时，换了话题："我听说，山底下一直在演一出戏，叫《武松打虎》，武松是谁？"

大哥，你这问题，可真是把兄弟我给难住了，要说那武松，其实跟咱俩一样，也是可怜人，打小没了爹妈，全靠他哥武大郎养大。就这么一个哥，还让他嫂子潘金莲给下药毒死了，他要不是可怜人，还能是个啥？可是，不管什么时候，一提起那武松，我脑子里想到的第一个人，偏偏是那张红旗。所以，琢磨了好半天，我也答不上来，只好对你说："要不，我也唱一出，你听听看，看他是个好人还是坏人？"

你想了想："唱吧。"

我便唱了起来："老天何苦困英雄，叹豪杰不如蒿蓬。不承望奋云程九万里，只落得沸尘海数千重。俺武松呵，好一似浪迹浮踪，也曾遭鱼虾弄——"

大梦一场，到此为止。嘴巴里还在唱着，我甩开双腿，正要拉开架势，像张红旗每次撩开步子上场那样，我也给我大哥好好亮个相。突然，眼睛睁开了，这才发现，天已经亮了，而我，活生生在一大丛野葡萄藤底下睡了大半夜。头疼得像是要炸开，地上的寒气也好似针扎，不断钻进我的后背。我想挪动一下，可是，我的全身都散了架，连腿都不敢伸直。稍微转一下头，可以看见被我喝空了的酒瓶就在身边，酒瓶里还残存着酒气，就连这一点酒气，也让我干呕了起来。再远一点的地方，两只松鼠，也不拿我当回事，只顾埋头舔食着我昨天晚上吐出来的东西。近处的树林，远处的树林，全都雾蒙蒙的，在遍地的雾蒙蒙里，各种冷不丁就响起来的声音倒是没停下来过：一会儿是乌鸦叫，长一阵，短一阵，哇哇哇地，像寡妇在哭儿子；一会儿是树枝被什么压断的声音，噼里啪啦，往地上一坠，就像一只猩猩从树顶上跳了下来；最叫人胆寒的，还是那些忽远忽近的脚步声，最远的在树林边上的河谷里，最近的，就在我头顶的崖壁上，我根本不知道它们都是谁发出来的。肯定不是人，虽说现在的我跟一个活死人差不多，但毕竟没有死。没有死，我的胆子就会一点点被它们吓破捏碎。算了算了，我还是拼了老命，爬起来，赶紧地，离开这里吧。

是的，再多一分钟，我都在这卧虎山，不，是镇虎山，我都在这山上待不下去啦。我得下山，回厂子里，不管是谁，只要逮到个人，我都要抱着他大哭一场。还有，我得回家，在我爹妈的遗像前跪下，告诉他们，你们的儿子，在这世上，可真是受了大苦受了老罪啦。还好，下山的路上，我走得还算顺利，一路上都没什么东西从树林里和巨石背后跑出来找我的麻烦。所以，太阳刚出来，我就钻出一片黑松林，看见了山底下的炼钢厂。太阳照在我的脸上，让我的眼睛直发黑。一见炼钢厂，我还是激动难忍，身体散着架，却又想跑起来。可偏偏，厂里的广播又响了起来。广播里，播音员还在一遍遍地播报着我参加打虎队的消息。这下好了，我又像是被钉子给钉死在一棵铺地柏边上了：要是就这么回去，我该怎么见人？厂长要是问我，见没见到老虎，我该怎么回答他？如果照直跟他说，并没见到老虎，那我岂不是还得照样下岗？果真如此的话，我豁出命去走这一遭，为的又是个啥？越往下想，我的身上就越是出冷汗，越往下想，就越是觉得办公室里的厂长也变成了一只老虎，而且，这只老虎，还戴着那顶红色安全帽，正等着我敲门呢。

　　好在是，爹妈保佑了我，最终，我还是想到了一个好法子——进了厂子，回了家，林小莉不在家，我儿子也不在家。什么都没顾上，我赶紧给爹妈上香，再三跪九叩，起身之后，我走到镜子前,去看镜子里的自己:整张脸都肿成了一张猪脸,两眼里,满是血丝,羽绒服的两只袖管也被树枝和藤条划出了长长的口子。羽绒,夹带着黑心工厂充塞进去的棉花,顺着两条口子膨出来,让我看上去就像一只被人打残了又拼命站起来的大鸟。还有我的头发,一夜之间,白了好多,可就是它们,转眼又成了我的救命恩人。突然间,我想起了那出戏——《武松打虎》,戏里面的老虎,唤作吊睛白额虎,那白额上的毛,可不就跟我的白头发长得差不多吗?念头一起,我的身体不禁发起了颤,手脚都哆嗦起来,呸!你他娘的,没出息的玩意儿!我狠狠地骂了几声自己,命令自己冷静下来,过了好一阵子,总算稍微冷静了,这才横下心,对着镜子就开始拔我的白头发。终归还是忍不住手慌脚乱,用了好一阵子,我才拔下四十多根白头发,然后,一刻也不停地,我把它们全都放在醋里泡了二十分钟。再捞起来,这样,它们就松软了下来,而且,既显得白,又不是白头发的那种白。

一切停当之后,我怀揣着它们,出了家门,径直去了厂部大楼。看门的那帮孙子,一见我来了,齐齐都吓了一跳。原本，他们是打算拦住我的，可能又想到我身已非我身，而是亲受了厂长的钦命，一个个的，刚从座位上起身，又都讪笑着坐下了。眼睁睁地，看着我进门，再看着我爬上楼梯，也是巧了，刚爬上二楼的楼梯口，厂长来了。他被一行人围在中间，慢悠悠地从三楼下来，怪只怪，那顶红色安全帽，实在是太明显了，一直明显到：他明明比旁边人矮一截，看上去，却要比别人高出一个头，这还真不怪我一眼就能认出他来。一看见红色安全帽，我便失声大喊了起来："厂长，厂长，我回来了！"

厂长却没认出我来，像是在看我，又像没看我，半天没有回我的话。显然，他旁边有认出了我的人，但他没开口，认出我的人也就没开口。菩萨作证，刚才，我在镜子前拔白头发的时候，还对自己发过狠：这一回见厂长，高低我也得好好看看，厂长究竟长着个什么样子。可现在，当真面对面了，他也不说话，旁边的人也不说话，我又慌了，不敢去看他了，再补上一句话，也是结结巴巴的："昨天……打虎队……我叫刘丰收！"

这下子，厂长总算想起了我，略一沉吟："你怎么回来了？"

等的就是这句话。我不再犹豫，当即，从怀里掏出那四十多根白头发，把它们先递给离我最近的人，之后，一个传一个，最后传到了厂长手上。我还是没敢看他，了不起，也只敢看一眼那顶红色安全帽。终于，厂长又开口了，而且，言语突然就急促了起来："这么说，你碰到它了？"

我重重地点头，再轻声回答："碰到它了。"

停了停，我干脆闭上眼睛："还跟它打了一架。"

厂长拨开众人："吊睛白额虎？"

我深吸了一口气："吊睛白额虎！"

第四章

谁能想到,我刘丰收,一堆扶不起的烂泥,还会有今天呢!下午三点,全厂大会开始了,除了在各条生产线上值班的仍不得擅离职守外,剩下所有人,全都坐到了厂部大楼前的会场上。而我,成了这次大会的主角、男一号,不不不,主角和男一号当然是厂长,但是毫无疑问,我他娘的,是如假包换的男二号——起先,是厂子弟小学的两个小学生,一男一女,用快板书表演了我在山上跟老虎搏斗的故事。要说这两个小孩子,演得正经不错,演到最后,两个人突然抬高声音,几乎是嘶喊了起来,全厂都回荡着他们的声音:"正所谓,狭路相逢,勇者胜!正所谓,狭路相逢,勇者胜!"只可惜,演完之后,台下的掌声并不热烈，就连我老婆林小莉，坐在台下也没怎么拍巴掌。随即，厂长宣布了一个消息：自即日起，刘丰收同志担任打虎队队长，享受班组长级待遇，同时不再担任炉前工工作，如果打掉了老虎，厂里还将另行重用！另外，厂长还谈了三点希望：第一，他希望还有人像刘丰收同志一样，踊跃报名参加打虎队；第二，他希望刘丰收同志继续保持战斗作风，戒骄戒躁，不打掉老虎誓不下山；第三，他希望全厂所有人都要向刘丰收同志学习，该打老虎的认真打老虎，该炼钢的更要认真炼钢，只有这样，大家才能对得起刘丰收同志豁出命来保一方平安。

无奈，掌声仍是稀稀落落，厂长很不满意。我当然知道，掌声之所以稀落，原因主要在我：一堆扶不起的烂泥，走了这么大的狗屎运，还想叫台底下的人给我鼓掌，凭什么？厂长就是厂长，一切都不在话下。最后的授旗环节开始之前，厂长叫人从台上传下话去，所有人，必须狠狠鼓够两分钟的掌，否则，今天这个会，就结束不了。话说到这个地步，就由不得台底下的人了。于是，我刚从厂长的手里接过队旗，还没开始摇晃，掌声就像响雷一般，猛然炸裂了起来，我便一边摇着旗，一边打量着台下：显然，林小莉已经从难以置信里走了出来，开始给我鼓掌；唯独张红旗，还不知道他马上就要成为我的手下，浑水摸鱼地鼓着掌，有一搭没一搭地鼓着掌，让我很不满意。但是，大人不记小人过，好歹我也是班组长级别的人了，所以，现在，还是让我先好好听听这辈子都没听见过的掌声吧。这掌声啊，比喝酒还要爽快，每响起一阵，我就觉得是几杯五粮液灌进了喉咙里——原谅我，没见过世面，这辈子，我喝过最好的酒就是五粮液了。而掌声还在继续，并且越发热烈，这样，哪怕从没喝过茅台，我也只当自己喝下的就是茅台了。就连那些在台下鼓掌的人，好像他们把鼓掌也当成了喝茅台，越喝，两只巴掌就拍得越起劲。

必须承认，我快醉了。没想到，鼓掌的人中间，也有人醉了，制氧分厂的老杜——杜向东，突然冲上台来，一把握住我手里的旗杆，跟我一起摇晃，再大声喊："我要参加打虎队！"

还有守仓库的王义，也冲上了台，握住了旗杆，大声喊："我要参加打虎队！"

这突然上演的戏码，让掌声稍稍有些中断，不过，气氛刚冷下来一点，厂长便轻轻拍了拍面前的话筒，又说："大家继续鼓掌。"

掌声再一回雷动，这一回，哪怕是张红旗，也绷不住了。他很清楚，我站在台上，一直盯着他呢，他躲了我的眼神好几次，横竖躲不过，只好硬着头皮，一边四处张望，一边把正在拍巴掌的两只手高高举过了头顶。他是故意用这法子，让我看不见他的脸，但是，在我心里，那就是他正在向我举白旗。兄弟，你有所不知，在开大会之前，厂长跟我说，既然我已经千真万确跟老虎打了照面，打虎队就不能只有我一个人再上山了。一句话，要人给人，要枪给枪，打今天开始，打虎队绝不能再是空头队伍，而是由我来选人。选够十个，不管哪个车间，不管什么人，我点到谁，谁就必须跟着我上山，否则就立即下岗。兄弟，第一个我便想到了你，又怕厂长不同意，就扯了个理由，说你虽然是车间里的副组长，但是，演了这么多年武松，对于打虎这件事，无论如何，都没有人比你更有经验了。厂长连个磕巴都没打一下，连连点头：好好好！让他给你去当个副队长！只是兄弟，我也得跟你说句实话：让你跟我上山，绝不是我想害你的性命，我再恨你，也没到害你性命的地步，我不过是在害怕——我怕我一上山，你和我老婆——林小莉，又勾搭到一块去了。

我原本以为，厂长要我选够十人组成打虎队，几乎是不可能完成的事情，毕竟山上的老虎是真咬死过人。哪想到，厂里的大会刚一结束，足足几十号人都围住了我，一个个，全都哭着喊着，要跟我一起上山。我心里也明白，他们之所以想上山，完全是因为见我活着下了山。这就足以证明，上山也不见得就一定会被老虎吃掉，更何况，我还当上了队长，传说中的一步登天，也不过如此了吧。好吧，既然我能活下来，能混到这个地步，他们又为什么不行呢？再不济，工作也算是保住了吧？这么着，我不管再怎么想挣脱他们，也都无法逃开，只好被他们包围着，听他们纷纷说起跟我从前有多好的话。机电车间的冯海洋甚至都哭了，他哭着质问我："领导，领导，你儿子当年贪玩，从楼顶上摔下来，要输血，我二话不说，输了八百毫升，你不会连这都忘了吧？"我×，我×，林小莉，你他娘的给我好好听听,冯海洋叫我什么?领导!领导!领导!所以,连冯海洋的话都还没说完,我的眼泪倒是差点掉出来,痛痛快快地,我告诉他:"行了,你跟我走吧。"

算上我和张红旗,加上冯海洋,还有之前冲上台的杜向东和王义,我们的打虎队,已经有了五个人了。剩下五个名额,我正想好好琢磨,林小莉来了,远远地,她招呼我过去,我故意装作没看见她。"领导,夫人来了!"好死不死,有人非要这么喊一句,我也像是中了魔怔,直直朝林小莉走了过去。走近了,林小莉拍拍我羽绒服上的灰,再把袖管上膨出的羽绒和棉花塞回去,连句客气话都没有,直接就跟我说,哪几个人——要么是保卫科科长的大舅子和小舅子,要么是厂医院B超室主任的儿子,要么就是炼铁车间主任的外甥。这几个人,都非参加打虎队不可。"多一个人,多一条路,"她竟然伸手,捋了捋我的头发,笑着问我,"这么简单的道理,就不用我跟你多说了吧?另外,还有——"幸亏这时候,我的师弟——马忠,也来找我了,我赶紧喊他的名字,叫他过来,再一把搂住他,对林小莉说:"还剩下最后一个名额了,给马忠。"听我这么说，她倒是没有反对。反而马忠，眼圈一下子就红了，连声喊我："哥哎……我的哥哎……"接下来，林小莉跟我提议，干脆，今天晚上，她在家里烧几个菜，请队员们聚一聚，算是喝个开工酒。毕竟，人吃的是牛马的饭，领导吃的是下级的饭，上了山，我也还得靠兄弟们多多帮衬。我正张大着嘴巴，还不知道怎么回答她呢，她却已经走到人堆里，去招呼她定下的几个队员去了，就好像，这一刻，她等了半辈子了。

这天晚上的酒，喝得是真好。刚开始没多久，队员们撺掇着，让我儿子给我敬酒。儿子敬酒，焉能不喝？一口气，我连干了三杯，然后，他们又端起酒杯去敬我儿子，理由是，虎父生下的，岂能是犬子？这时候，张红旗来了，林小莉正端着一盘菜上桌，一扭头，看见了胳肢窝里夹着一瓶酒的张红旗，吓得差点把那盘菜掉在地上。要说，人家张红旗到底是见过世面，我还慌乱着，不知道该怎么跟他搭腔，他却笑盈盈地奔过来，挨着我坐下，先给我夹上一筷子菜，再迅速拧开自己带来的酒，倒了满满一杯，面朝我，举过头顶，再一饮而尽："领导，我这可就算是向你报到了！"

如此场面，不光吓住了林小莉，老实说，我自己也被吓住了。按理说，我就这么把张红旗拽进打虎队，多多少少，他都会跟我说几句难听的话。哪知道，完全没有，只见他，人前张罗，人后也张罗，一会儿给我敬酒，一会儿再给我夹菜，只当林小莉不在边上，也只当我和他之间从来没有过什么恩怨。气氛稍微冷场的时候，不失时机地，他还会说上几个段子，逗得大家哈哈大笑。我明明想忍住不笑，可是，他说的段子太好笑了，又由不得我不笑。笑完了，接着喝酒，喝着喝着，我竟然觉得，自己也没那么讨厌他了。当我趁着酒兴，开始布置打虎队上山之后的工作，又说得结结巴巴，他却口齿利索，活生生一个副队长，三言两语，就把我说不清楚的话给说清楚了：这个负责开道，那个负责殿后，这个挖坑当陷阱，那个沿着河谷牵绳子放夹子。他的话说完了，莫名地，我的怒气又上来了，看了看林小莉，我突然叫了张红旗的名字："你去厨房，炒个菜。"

林小莉马上就阻止我："刘丰收……"

马忠也阻止我："哥……"

我冷冷地看了林小莉和马忠一眼，再掉转头，对着张红旗："酸辣藕丁，不要放糖。"

屋子里的气氛，骤然冷淡下来，所有人，齐刷刷地，都看向张红旗。张红旗虽说并不知道我为什么突然让他去厨房里炒菜，更不知道我为什么非要他做这一道酸辣藕丁，但十有八九，他也猜到了，我这是在欺负他。有那么一小会儿，他可能又把我当成了从前的炉前工，把自己当成了脱硫车间的副组长，起了身，像是要往外走。紧接着，打了个激灵，回头，一把抢过林小莉的围裙，麻利给自己围上："酸辣藕丁不放糖是吧？"他冲向厨房，走了几步，再高声对着桌子上的众人说，"我说哥几个，你们可得陪领导把酒喝好，要是喝不好，可别怪我回来灌死你们！"

所以说，这天晚上的酒，喝得真是好。酒席散了之后，我儿子照例去了台球厅打通宵台球，家里只剩了我跟林小莉两个人。收拾完残羹冷饭，上了床，我睡得死沉死沉，林小莉却一直往我身上蹭。蹭着蹭着，我就醒了，见我醒了，林小莉来劲了，先是将我扒光，再把自己脱得干干净净，她那两只乳房，像两道波浪压过来。我的脸快被捂住，赶紧别过去，想透气,她把我的意思猜错了,跟我说:"你先别动,我自己来。"听她这么说,我只好不动弹,由着她来,没有多久,不过三五分钟,我就不行了,全身都软成了一团,她却夸我:"挺好的,得劲。"之后,我又迷迷糊糊睡着了,再睁眼,天快亮了,窗户外面有微弱的光,漫长的倒春寒正在过去,镇虎山上开着的那些野花的香气也在一点点飘进来。我心有不甘,叫醒了林小莉,像一只老虎般,跳在了她身上,我还没怎么下功夫,她便叫开了。多好的事啊,多值得我好好下功夫啊,要命的是,脑子却走神了:我分明觉得,山上的那只老虎,下了山,现在,它就站在屋外的一座山头上,冷冷地盯着床上的我。顿时,我又不行了,垂头丧气地,滚到了床的一边,转而去想那只老虎,去想上了山如何让队员们相信,我是真的碰到过那只老虎。

一大早,我们的打虎队,就向着镇虎山出发了。和前一次上山不一样,这一次,我的砍柴刀有人拿着,五股钢叉有人扛着,想喝水也有人赶紧把水壶递过来,于是走得格外轻松,一点也不觉得累。当然了,因为山上的雾格外大,前后左右,都只能看清几米远的地方，每个人的心还是提到了嗓子眼儿。我也不例外，偶尔看见一朵开得特别大的花从乱糟糟的树枝里伸出来，我还以为我们到了阴曹地府。越往前走，我的队员们，一个个，就越是现出了原形。就说那王义吧，隔了老远，我都能看见他在发抖，乌鸦叫了一声，他竟然吓得叫出声来，那叫声，比乌鸦的叫声还要大。看他几乎一步路都不敢再往前走，我过去搀他一把，再问他，何苦要上山蹚这一趟浑水。他却告诉我，他之所以上山，完全是因为昨天，他被那一阵一阵的掌声给鼓昏了头。这辈子，他都没听过这么多掌声，要是把老虎打掉，那这辈子他还得听多少次掌声啊！我在心底里叹了一声，搀着他继续往前走。倒是那杜向东，不愧为厂运动会摔跤赛的亚军，一路走在最前头，手拿一把砍柴刀，佛挡杀佛，魔挡杀魔。没过一阵子，可能是太热了，他竟脱掉了上衣，光着膀子，露出一身的腱子肉，我看在眼里，不由得一场欢喜：得良将如此，何愁虎患不灭，更何愁我老刘的江山不保？

结果，当天晚上，就出了问题——依我的想法，灭虎大计，还需步步为营，十个人的队伍，兵强马壮，就得先搜尽一座山头，再去搜另外一座山头。一整天，我们人人累得半死，却没见到老虎的影子。夜幕降临，我们在刚搜完的山头上生火做饭，吃完了，我正打算带着张红旗和马忠四处巡视，想找一个搭窝棚过夜的地方。这时候，当着所有的队员，杜向东这个狗娘养的，竟然反对我，他说，就这么一座山头一座山头地搜下去，要搜到什么时候才能碰见老虎？弄不好，我们今天才搜完这座山，明天，老虎又回到这座山上来了。为今之计，应该去我前一天碰见老虎的地方安营扎寨。虎豹狼狐，喜欢走的，都是回头路，只要我们走在老虎的回头路上，迟早都有可能再碰上它。我冷眼看着他，明面上没说话，暗地里，却是连肺都气炸了：狗娘养的白眼狼，一天工夫都还没到，你就敢对你爹指手画脚了？最可气的是，队员们，尤其是那个冯海洋，还连声说杜向东的主意对。我看了看马忠，马忠不说话，我又看了看张红旗，张红旗也不说话。最后，为了让大家看见我的大将风度，我按住怒气，带领大家，去了个我胡乱编出来的地方。

我胡乱编出来的地方，是在河谷里。这地方，风最大，扎好简单的窝棚之后，我再派杜向东去守夜站岗，心里想：这么大的风，一通宵的岗守下来，他还不活活被风给吹透了？一切安顿好之后，我刚想躺下，张红旗把我拉扯了出去，深一脚，浅一脚。他拽着我，跑到两块大石头背后，又从怀里掏出一瓶酒，一袋子咸水花生。我还愣怔着，他把酒瓶递到我手上："咱哥俩，你一口，我一口，怎么样？"

我还是端着队长的架子："你这是啥意思？"

"没别的意思，向你认个错。"张红旗痛痛快快，"这些年，没少让你憋屈，不说了，反正，千错万错，都是我的错。就现在，你说，让我站着喝，我就站着喝，让我跪着喝，我就跪着喝。"

他一边说，我一边想起了这些年受的憋屈，心里像是被猛戳了好几针，最后，还是哽咽着说："……坐下喝吧。"

他坐了下来，让我先喝。我也没客气，喝下了一大口，顿时，从头到脚都暖烘烘的，一时之间，我竟然被他感动了："放心吧，这打虎队啊，有我就有你。"

他接口就回我说："那我也向你表个态，从今以后，你让我往东，我要是敢往西，你就像对老虎那样，一钢叉把我给结果了！"

夜深了，我和张红旗，话匣子才刚拉开，心窝子也才刚打开，不料，窝棚那边出了大事：先是站岗的杜向东大声喊着"狼来了狼来了"。随后，队员们叫着喊着冲出窝棚，四散着便要跑开，我跟张红旗对视一眼，慌忙跑到窝棚边。果然看见，一群狼，足足有二十多只，影影绰绰地，就站在河谷里离窝棚只有几米远的地方，也不动弹，只是看着我们。就好像，随时都在寻找着朝我们冲杀过来的战机。我提醒自己，不要慌，再看看四周的地形，看好了，便招呼大家，跟我一起往晚上生火做饭的那座山顶上冲过去。没想到，杜向东却死活不愿意，他告诉我，如果我们逃走，那群狼一定会紧追不舍，到时候，谁落了单，又或者走在最后，谁就容易被它们围攻。我还正犹豫着，他却开始吩咐队员们，赶紧像他一样，把钢叉拿在手上，人人都不要躲，不要退，只要站在原地跟那群狼对峙着就行。我本来想训斥他几句，见大家都不动，我也只好手拿着钢叉，和大家并排站在了一起。时间一点点过去，狼群逐渐躁动，悄悄地向前进了两步，我和队员们不自禁地往后退。杜向东倒是定定地站着，突然，他面向狼群，掷出打了环的绳子，妄想套住头狼。当然没套到，我大惊，喊了一声他的名字，想要阻止他，下一分钟，头狼却往后退了两步。见它退，别的狼也跟着退，再站住，继续跟我们对视，渐渐地，整个狼群不安起来，嚎叫声接连不断，似乎是在催促着头狼，要它赶紧动手。要紧之时，杜向东却举起钢叉，作势要刺向头狼。头狼这才发现，遇到了愣头青，只好抬起头，对着模模糊糊的月亮嚎叫了一声，再不管别的狼，悻悻地，离开了。见它离开，别的狼又磨蹭了一阵，终究都跟上了它，走远了。

第五章

这天晚上，一遍遍地，我做着同一个梦。在梦里，我变成了打虎队的普通队员，而队长的位子，已经被杜向东给抢走了。只见那杜向东，光着膀子，要所有的队员排好队，我没站好，他走过来，当头就给了我一鞭子，又骂骂咧咧地带领着我们，卧倒在一条老虎必经的壕沟里。刚一卧倒，人人都屏着气呢，一团鸟屎从树梢上掉落，正好掉在我的脸上。我忍不住，动了动身体，两条腿从草丛里露了出来，被杜向东看见，他飞跑过来，一脚一脚往我身上踢，直到把我给踢醒了。这下好了，我再也睡不着了，借着一点点天光，我环视四周，认清马忠所在的地方，挪过去，用手捅醒了他。他睡眼惺忪地看着我，我伸出一根手指"嘘"了一声，再拽着他出了窝棚。

跟马忠，我没有必要还跟他藏着什么话，走出去稍远一点，我径直问他："你要是被打虎队开除了，咋办？"

马忠摸不着头脑："……哥，你要开除我？"

"我能开除你吗？"我一字一句告诉他，"你是我的亲师弟。"

"那你是啥意思？"马忠试探着，"是张红旗要开除我？"

"他暂时还没这个本事。"我搂过马忠的肩膀，"杜向东！"

马忠嚷了起来："他凭啥开除我？"

我又对他"嘘"了一声："万一，要是他当了队长呢？"

马忠糊涂了："这队长还能说换就换？"

"你他娘的给我听好了，我说的是万一。"我狠狠地盯着他，再一指窝棚，"这才一天工夫，这狗日的就翻了天了，那帮尿货还都听他的，要是让他夺了我的位子，咱哥俩，非得被他赶下山不可。"

"光下山还好说，"见马忠还不明白我的意思，我继续提醒他，"下了山，就等于下了岗。"

马忠打了个激灵:"哥,你说咋办?"

"咋办?"我抓过马忠的衣领,让他的脸抵住我的脸,"得让他下山,滚蛋!"

怪我,马忠这个二货,这半辈子,脑子都不好使。我也是瞎了眼睛,大半夜的竟然找他商量事。也难怪,天都快亮了,我跟他也没商量出个主意来,两个人,只好垂头丧气回窝棚里去,继续睡下了。天亮之后,简单吃了几口干粮,按我的计划,今天,我们要接着搜寻下一座山头。饭才吃完,杜向东找到了我,再一回,当众反对继续搜山头,而是要我带着大家去我胡乱编出来的下一个碰见老虎的地方。我刚板起脸,想训他几句,剩下的那些队员,却都跟昨晚一样,中了邪一般,全都说他的主意对。好吧好吧,随便你们这帮破烂玩意儿吧。我在心里跟他们赌了气,故意指着最高的两座山峰,还有两座山峰之间的吊桥,告诉他们,我第一次发现老虎的影子,就是在吊桥东头,一道绝壁的上面。那道绝壁,起码有八九百米高,足以让这帮破烂玩意儿爬个半死不活。

正所谓,好人有好报,坏人无路逃。当天下午,杜向东的报应就来了——花了整整一上午，打虎队十号人都快咽了气，总算爬上了那道绝壁。半路上，我自己也后悔了：就为了折腾这帮不听话的家伙，我何苦把自己半条命都快搭进去？更可恨的，还是那杜向东，一路走在最前，一会儿吩咐这个，一会儿使唤那个，就连帮我扛着钢叉的王义，也被他使唤着，走到最前面去开道。被使唤了好几回，王义也习惯了，把杜向东身上的背包也一把夺过来，背在了自己身上。上了绝壁没多久，我便发现了一个问题：山脊太窄，山体又像是被刀削过的，几乎一丝不挂，要是今晚驻扎在山脊上，万一真遇见老虎，迎面撞上，只要胡乱跑两步，就有可能踏空掉下悬崖。这一掉下去，那还不得粉身碎骨？这么着，我便赶紧召集大家，商量接下来如何应付。还是杜向东，我的话还没说完，这个狗杂种就说他有了主意，也不管我的脸色好看不好看，他又接着说，南坡的地势最缓，甚至还长了几排云杉，他可以带一个人，一起到云杉林那边去看看有没有个搭窝棚的地方。要是能搭，万一老虎从山脊上走过来，我们从云杉林里突然出击，必能事半功倍。他越说，我心里越是窝火，可又想不出更好的法子，只好让马忠跟他同去，又没好气地指着悬崖，对他们喊："你们可千万别掉下去摔死了！"

杜向东和马忠走了，我跟剩下的人，就地坐下，又或者躺下，等着他们回来。左等不回，右等也不回，到后来，有人哼起了《武松打虎》。冯海洋来了精神，提议副队长张红旗来上一段，众人全都鼓掌。张红旗看看我，我想了一会儿，点头，示意他可以开始。于是，张红旗先念白几句："道崎岖，路不平，只觉得站立不稳，嘿！酒家言道，这景阳冈上出了猛虎，分明是大话欺人，俺武松，岂能受他的摆布！"紧接着，咚咚锵，咚咚锵，他自己打着拍子，就要上场亮相，可偏偏，云杉林那边传来了哭喊声。我以为是马忠在哭喊，心里一紧，赶紧让张红旗停下，仔细再听，却发现，那是杜向东的声音。众人的脸全都变了色。在我的带领下，一起往前奔，没跑几步，正好碰上马忠背着杜向东跑过来。一看见我，马忠上气不接下气地说："老杜，被野马蜂给叮上了！"我一把拉扯住杜向东，乖乖，他的脸，他的脑袋，全都肿了，他那两只眼睛，肿成了两条细线，虽说鼻子里还有气，整个人，却已经昏死过去了。

"马蜂窝太大了！"马忠喘着粗气，不停地解释，"比脸盆还大！比脸盆还大！"我一把接过杜向东，背在自己身上，二话不说，赶紧朝着山下，朝着炼钢厂，不要命地跑去。

幸亏了队员们，击鼓传花一样，一个背累了，就换另一个，好歹把杜向东背进了厂医院，总算留下了他的性命。要说，这一个个的，还算给我面子，在杜向东活过来之前，谁都没有走，全坐在长条椅上，等着病房里传来的准信。在长条椅上坐着，我多少有些担心老杜的老婆孩子会来找我扯皮，后来听说，老杜已经离婚两年，老婆带着孩子先是去给一个八十多的老头当保姆，没多久，她干脆嫁给了那老头。既然如此，我才放了心，这时候，病房里来了准信，说杜向东活下来了。我又打量玻璃窗里的自己，全身上下，没有一处不是黑黢黢的，于是，我打算先去澡堂里洗了澡再回家。现在，没了杜向东的瞎搅和，我一下子又变回了所有人的队长，听说我要去澡堂，队员们纷纷说，要跟着我一起去。

澡堂里，不知道怎么回事，当我们一行人将自己脱光，打算去那个最大的池子里好好泡一泡时，那些原本在池子里泡着的人，在热气里认清我们之后，竟然迅速离场，全都站到了池子边上的淋浴喷头下面，把一个跟篮球场差不多大小的池子留给了我们。我钻进池子，在热气里东看西看，看到一个喷头下站着的熟人，就招呼他回来，跟我一起泡。那人却像是犯了多大的错，连连堆着笑，说着不必了，随即，胡乱擦了几下，穿好衣服就跑掉了。我更糊涂了，眼睁睁地看着对方跑掉，这时候，冯海洋凑到我的跟前来，告诉我这一切到底是何缘故。原来，我们正在泡着的这池子，只有在厂子里算得上人物的，才能下来泡。厂长就不用说了，要是厂长来了，不光这池子，就连整个澡堂，都是要清场的。厂长副厂长不来，才轮到车间主任们，车间主任们不来，再轮到剩下的人。但是，要是别的什么人物来了，大家还是得回避，还是得先紧着他们下水。就比如，前段时间，这池子一直都被巡逻队霸占着，现在，轮到咱们打虎队了。

听冯海洋这么说，我干脆摊平身体，在水面上漂了一会儿，再摆一摆手，叫他滚蛋。然后，才直起身，背靠着镶满了马赛克的池壁，再招一招手，让马忠游到我边上来。马忠来了，我也不看他，闭着眼睛问他:"老杜是咋回事儿?"

"我干的。"马忠一点也没瞒我,"那个马蜂窝,是我从树上捅下来的。不过,他不知道是我捅的。"

我睁开眼睛,直盯盯看着马忠,一时不敢相信,这个二货,脑子怎么突然就开窍了:"……咋想的?"

"没咋想,"马忠在池子里也叼着烟,他往池子外弹着烟灰,"我不想切手了。"

我便不再说话,重新闭上眼睛,摊平身体,在水面上接着漂了一会儿。猛然地,想起一个地方,也不管马忠了,赶紧起身,爬出池子,在喷头底下胡乱冲洗,穿好衣服,一溜烟跑出了澡堂。是的,我要去的地方,是厂里关闭了多年的新华书店,虽说店面早就关了,那几十架子的书,却一直还在。仅仅十几分钟后,我就砸碎一扇窗的玻璃,跳进了书店里,再点亮打火机,一排排书架找过去。很快,就找到了几本我要的书,它们是:《动物百科画册》《卡耐基领导学大典》《山林探秘》《末位淘汰管理法则》。最后,我还找到了一本写给小孩子看的拼音版《老虎的故事》。这废弃了的新华书店,就像一座凶宅,每隔一会儿,一台智能学习机就会在柜台里冷不丁地叫喊起来:"恭喜你,小朋友,你的最终得分是一百分!"我横竖不管这些,在柜台里找了根蜡烛,点燃了,就凑在那一点点光底下,一本一本挨个读。一直读到后半夜,感觉自己变成了孙悟空,一掏耳朵,就能掏出一根金箍棒来,这才心满意足,翻窗而出。路过台球厅时,我看见我儿子又趴在球桌上,准备打最后一个球——黑八。我走进去,在球桌边站住,他见是我,球也不打了,直起身来,对我笑。我也对他笑,没有离开的意思。过了会儿,他试探着,把球杆递给我,我也没客气,拿起球杆,趴下,瞄准,猛一用力,黑八飞快地被我送进了底袋。

第二天,厂门口,打虎队集合在一起,再次准备上山,这时候,冯海洋拉拽着一个人,踉踉跄跄跑过来。跑近了,我才看清楚,他拉拽着的那个人,是他弟弟冯舰艇。这冯舰艇,我是知道的,他是厂里的检修工,长年肝病,上一天班就得休三天。可是,冯海洋却眼泪汪汪地求我,让冯舰艇顶了杜向东的缺,也进打虎队。"他这条命活到今天,靠的是厂医院的药,"

冯海洋扯着我的袖子,"他要是下岗了,没药吃了,那就是死路一条啊!"这冯舰艇,明显是个大拖累,我自然不想收他。哪里想到,冯海洋一转身,冲着他弟弟:"咱兄弟俩,也没什么拿得出手的东西,这样,咱们给领导磕个头吧——"这可如何使得?听到冯海洋这么说,我慌忙止住他们,叹了口气,对他俩说:"留下吧。"随后,队伍开始上山,一边往山上爬,一边我宣布了一件事,那就是,打今天起,打虎队要施行末位淘汰制,负责打分的人,是我和副队长张红旗。一句话,不管是谁,只要他不听安排,被我俩打了最低分,到时候,就别怪我俩翻脸无情,将他踢出打虎队。这冯海洋,小时候学过天津快板书,真是个机灵鬼,不仅不反对,还连声说好,死活都要现编一段快板书,唱给我听:"竹板这么一打呀,别的咱不说,说一说咱的好领导,那好比武松在世的丰收哥……"

打这天起,这打虎队的队长,我才算是给它当顺溜了,打虎大计,也回到了我的路子上:搜尽一座山头,再去搜下一座山头。当然,《山林探秘》我也没白看,按照书上说的,每一回,当我们搜尽一座山头,最紧要的,就是在它和下一座山头之间挖陷阱布机关，好让那老虎走不了回头路。我就不信，就这么下去，我他娘的抓不住它，打不死它？还有，那个末位淘汰制，真是个好东西，简直比茅台酒还要好：不管哪个队员，眼睛里都有事儿，最大的事儿，就是我——我吃饱了没有，我穿少了没有，过河时有人搀我了没有，爬山时有人拉我一把了没有。一开始，我有点不习惯，常常骂他们，别他娘的老盯着我，要盯着老虎！时间长了，我也习惯了：老虎的事儿是事儿，领导的事儿也是事儿嘛！再说了，领导要是饿坏了，冻感冒了，就凭这帮破烂玩意儿，也能抓得住老虎打得死老虎？

所以，这帮破烂玩意儿，为了让我舒心，还真是花了不少心思：倒酒夹菜唱快板书早已不在话下。最讨我欢喜的，是王义，这个狗×的，竟然偷偷把自己的蓝色安全帽给漆成了红色的，带上了山。有一回，在我准备给他们训话时，他突然拿出那顶红色安全帽，就要给我戴上，一下子，我吓坏了，结结巴巴地骂他好大的胆子，再手慌脚乱地，把红色安全帽给砸在了地上。转而一想，又怕对它不恭敬，赶紧捡起来，好好放在了背袋里。只是，队员们有所不知：搜山的时候，要是身边没人了，我经常忍不住，取出它，给自己戴上。说来也怪，一戴上它，先不说老虎，就说狼啊狐狸啊什么的，哪怕它们就地现身，朝我紧逼过来，我觉得，我也不会往后缩回去半步。当然了，戴上红色安全帽，过瘾是过瘾，心里还是怕，这么大的罪过，万一要是被厂长知道了，那我还有命吗？于是，又有一回，也是搜山的时候，身边没人了，我偷偷挖了个坑，把红色安全帽埋进去，下定决心，跟它一刀两断。可是，刚刚埋完，再铺上几根松枝和茅草，做好伪装，还没走出去几步远，终究舍不得，老老实实地，我又跑回去，挖出了它，再把它捧在手心里，对着好几座山峰，也是在对山底下的厂长说：厂长啊，你可千万别怪我，我真的舍不得它，一心想戴它。戴上它，我在山上就如同你御驾亲征，它不是别的，它就是你赐给我的尚方宝剑啊，厂长！

还有，我的老虎哥，你兄弟我，也想对你说几句话——实不相瞒，没有一天，我不在想你到底藏身在哪里。有时候，我怀疑你已经离开这里，远走高飞了，按照拼音版《老虎的故事》里说的，你的迁徙路线，是自秦岭东出，经过各种余脉，再入群山，又经更多的余脉，最远，可以抵达菲律宾和马来西亚。哥，你跟我说句实话，你是不是已经在去菲律宾和马来西亚的路上了？要是当真如此，你就给你兄弟托个梦来，也好让我，让全队的兄弟们晚上睡得踏实点，再不要像现在这样。虽说一直没跟你谋上面，可到了晚上，一旦树林里有什么风吹草动，兄弟们还是要跟打仗一样，忙活上半夜才能罢休。更多的时候，哥，我觉得你根本没有离开，你一直都在，指挥大家挖陷阱的时候，听到一点动静之后在壕沟和灌木丛里埋伏的时候，一个人戴着红色安全帽在树林里过瘾的时候。尽管没看到你的半点影子，但我分明觉得，你就在我旁边，紧盯着我，那种感觉，怎么说呢，就像我是必死无疑的，而你，在我死之前，得好好地调戏我，玩弄我。别这样，哥哎，明面上，我像是被兄弟们伺候得忘了你，但实际上，他们越是伺候我，我就越害怕，怕你看我不顺眼，怕你见我夺了你的风头，一怒之下，冲出来，咬死我。不信你看，趁他们不注意，我给你烧了好几回香火纸钱，就跟烧给我爹妈是一样的，一边烧，一边念：伏惟尚飨！伏惟尚飨！尽管如此，我还是疑心，时时刻刻，你都有可能从树林里冲出来，从山顶上跳下来，咬碎我，再吃掉我。

第六章

我的老虎哥,还是你对我好,也真不枉我对你的一片孝心,这天晚上,你总算肯出来见我一面了。这时节,山里能开的花,全都开了,也不知道对什么花过敏,睡到半夜,一窝棚的人,个个都咳嗽,打喷嚏,根本无法再睡着。于是,我们连夜换地方扎寨,我正好感冒了,发着高烧。在密林里乱窜着的时候,高烧把我变成了个傻子,阴阳不辨,虚实难分。尤其是,当我走到几棵盘根错节的榕树前,看见那些树冠和根须交错在一起,悬挂在半空里,一刹那,我还以为自己闯进了白骨精住的地方。再一抬眼,我就看见了你,你躺卧在高高的树冠里,冷眼看着我,像是早就知道我会来。而我,再见到你,岂能不魂飞魄散，岂能不双膝一软直接跪倒在地？还是你，不愧为百兽之王，自顾自，打了一会儿盹，醒了，才打着哈欠问我："当队长的滋味怎么样？"

"都是托你的福！"我把头埋在地上，根本不敢抬起来，"哥啊，你别见怪，我也是没法子，不做样子，怕混不下去。"

"明白。"你笑了，"这个队长，想一直干下去吧？"

"……想。"我咬了咬牙，"想一直干下去。"

顿了顿，我又说："你说让我干，我就干下去，你说不能干了，我就不干了。"

"队长嘛，还是得干下去，"你若有所思，"接着干吧。别人干，我也不放心。"

"好嘞好嘞，"我连声回应，"我一定好好干。"

"有件事，我想你一定是明白的吧——"你挠了挠痒，慢悠悠地说，"我得一直在这山里，你的队长才能一直干下去，这么简单的道理，你不会不明白吧？"

我琢磨了一会儿，又不敢看你，只是稍微把脑袋往前欠了欠："好像有点明白。"

"那我就再说明白点吧，"你像是叹了口气，"把我打掉了，赶跑了，你难道回去当炉前工吗？你得知道，我在，你这队长才一直在。"

你这话，之前我肯定是琢磨过的，但也糊里糊涂，琢磨不了这么清楚。现在，一语惊醒梦中人，哥呀，你真是，一句顶一万句。我赶紧深吸一口气，郑重地说："我明白了。"

"那好，回去了，把那些机关啊铁夹子啊什么的，赶紧都撤掉吧。"你甩了甩头，几片落叶从你的毛发里掉落下来，"我喜欢走回头路。"

我一口答应："马上就撤，马上就撤。"

见我如此乖巧，你还是满意的，一挥前爪："去吧。"

我腾地站起身："好嘞好嘞！"

当晚，我就发下令去，赶紧把那些山与山之间的机关和铁架子撤掉。队员们个个不解，都来问我到底为个啥。我的理由是，这几天，山里每天都在下暴雨，眼看着，梅雨季就要来了，到时候，要是山洪突然暴发，我们非要逃命不可，有那些机关和铁夹子挡路，我们怎么逃得出去？听我这么说，队员们都红了眼睛，说他们等了半辈子，总算等到了一个好领导，二话不说，连夜就把那些拦路虎一一都拆掉了。这些人的脑子，对付起来倒不难，最难对付的，还是山底下钢厂里的事。第二天，正好是打虎队下山的日子，刚一走进厂区，就有人截住了我，让我去厂剧院里开会。据说，这次会，是厂里各部门负责人会议，我们的打虎队，虽说不是固定编制部门，但是，用厂长的话来说，不仅重要，而且极端重要，必须参加会议。这么着，在去会场的路上，趁着路边上没人，我便跑到一口废弃的高炉背后，面对着镇虎山，扑通一声，跪下了。这一跪，老虎哥，还是献给你的：哥呀哥，亏得了你，我才能参加这么重要的会。还有，爹妈呀，在天有灵，你们都看到了吗，你们的儿子，就要参加部门负责人会议啦！

没想到的是，这次会，是抓生产促增效的会。在会上，每个部门负责人都从座位上站起来，向厂领导汇报下一步的工作计划和具体措施。而我，躲在观众席里，一直在偷偷盯着厂长看。剧院里尽管开了灯，但是，雷雨天，光线特别暗，他的脸又一直被红色安全帽盖着，费了半天力气，我还是没能看清他。越看不清，我的心里就越慌：别的负责人汇报的时候，全都口吐莲花，下一步，我们打算这么干，再下一步，我们还打算怎么干，轮到我发言时，我该说点什么呢？天地作证，山上的老虎作证：除了挖陷阱、架铁丝网、布铁夹子，再轮流搜山之外，我们还能怎么干呢？虽说我被安排在最后一个发言，眼看着快要到我了，我的心里，我的屁股底下，还是像燃着一堆火，站也不敢站，坐也坐不好。好在是，苦心人，天不负，就在我抓耳挠腮的时候，一眼看见主席台右侧，幕布边上，放着一面演《武松打虎》时用的大鼓，这下子，才算是有了主意。"我们打算……打算把剧团里的鼓……借到山上去，每天敲——"到我汇报的时候，我结结巴巴地说着，然后，一咬牙，"正所谓，敲山震虎！"在场的人当然是想看我的笑话，我说完了，他们并不交头接耳，看看我，再看看厂长，剧院里安静得掉根针也能听见。哪知道，厂长带头鼓起了掌来，台下的掌声也随之雷动，我那颗快要从身体里跳出来的心，才算是回到了老地方。

这么一来，剧团里的那面大鼓，就被我们抬到了山上。鼓一上山，我便传下令去，从此以后，每天早上和中午，这面鼓都要被敲响一次，敲得越响越好，至少要敲得让山底下的人听见，他们听见了，就说明我们准时上工了。第一天，天刚蒙蒙亮，我排的班，是厂保卫科科长的小舅子李好运来敲鼓。这小子，太弱了，那鼓敲的，跟个娘们儿似的。我一把推开他，自己上。只见我，无师自通，没敲几下，就轻松拿捏了鼓槌，手腕不用力，两只胳膊来发力，左手敲强拍，右手敲弱拍，敲鼓面，一声更比一声高，敲鼓边，一声更比一声脆。这鼓声，惊得远处的狼群哀嚎个不停，惊得近处的野鸡们从树林里疾飞出来，其中一只，飞得太低，被王义伸手一扯，便死死攥在了手中。我仍不打算歇下来，还要敲下去，只因为，我知道，我的老虎哥正在哪个旮旯里看着我呢——鼓敲得越响，样子就做得越足，天天都把样子做足，我的老虎哥才不会被我们真碰上，我这个队长，才能一直干下去。老虎哥，你的这个精神，我领会得对不对？你的这个指示，我落实得好不好？

当然，日子久了，总归有人会问，这镇虎山上，到底还有没有老虎？这天中午，队员们在窝棚里睡完午觉，冯舰艇去敲鼓，敲着敲着，他问我："领导，十有八九，这山上的老虎，早就跑没了吧？"

冯舰艇的话还没说完，他哥冯海洋劈头就给了他一巴掌："你他娘的在胡咧咧个啥？这山上怎么可能没老虎？"

冯舰艇捂着脸："那咱们这么多人，上山都一个来月了，咋连老虎屎都没见过一回？"

冯海洋被问着了，答不上来，反倒张红旗，笑盈盈地搂着小五："你们没见过，我和队长见过，老虎屎、老虎的脚印，全都见过——队长是吧？"

我也愣住了，慌忙点头："对对对。"

众人都被张红旗的话惊着了，纷纷问他："我们咋从来没见过？"

张红旗这个鬼脑子，反应就是快，反问众人："见到了你们认得出来吗？咱们打虎队，除了队长，还有谁跟老虎真碰过面？一句话，队长说看到了老虎屎，那就是真看见了老虎屎！队长说看到了老虎脚印，那就是真看到了老虎脚印！"

我一时还蒙着呢，见张红旗转头看我，赶紧再点头："对对对。"

众人,甚至也连同冯舰艇,互相对视着看了一会儿,再齐齐看向我:"对对对!"

说起来,还是我老婆——林小莉,算得上个角色,再一回下山的时候,一进家门,我竟难得地碰见了我儿子也在家里。见我进门,还没说上句话,他便喜滋滋地钻到自己床底下,掏出了一把长枪来。我可被他吓住了,脸吓得煞白,一把夺过长枪,问他这东西是从哪里来的,还有,他要拿这东西派什么用场。他倒也不瞒着我,告诉我,这枪,是他找人先在车床上做了个大概的模样,他自己再一点点加工出来的。现在,万事俱备,就只差一个瞄准镜,另外,他之所以要做枪,为的是,也想加入打虎队,跟我一起上山打老虎。老话说得好:上阵亲兄弟,打虎父子兵。我一听,简直气坏了,气得我啊,手脚都在发颤。不过,还没等我发火,林小莉从厨房里奔出来,对准我儿子,就是一耳光:"打老虎,打老虎,老虎是国家一级保护动物,能随便打吗?"听她这么说,我儿子糊涂了,指着我,问她:"那他……成天在干吗?"林小莉接口就说:"他是在打老虎吗？他是在打天下！"我儿子还想争辩几句，林小莉却让他闭嘴，又把长枪抢过来，塞回了床底下。

正在这时候，冯海洋跑来找我了，刚到门口，他就眼泪汪汪地大声喊：救命啊，领导！救命啊，领导！我赶紧问他，这是出了什么事情。他告诉我，他弟弟冯舰艇，之前跟厂环卫队的一个女人好上了。那个女人，也是肝病，一个人过。没想到的是，冯舰艇跟她刚好上，她前夫就隔三岔五来敲诈他，要不到钱，就把他猛揍一顿，好几回，冯舰艇都被揍得从地上爬不起来。就在刚刚，舰艇又被那女人的前夫堵在了环卫队，并且放话出来，非要冯海洋拿两万块去赎人不可，否则，就要打断舰艇一条腿。我才刚被我儿子气着，冯海洋一番话，让我更加气急败坏：到底是哪个不开眼的狗杂种，敢动打虎队的人，敢动我刘丰收的人？说话间，我便和冯海洋一起，冲出了家门，前往环卫队。林小莉本来想拉住我，不让我去，但没拉住。都快跑到环卫队门口了，我才想起来问冯海洋一句，对方是什么来头。冯海洋说，对方之前参加过巡逻队，就在他来找我的时候，对方也喊了好几个巡逻队的人给他助阵去了。冯海洋的话一出,我的步子就慢了下来。但是,已经走到门口了,无论如何,我也没脸往回跑,于是,只好硬着头皮,推开了环卫队的院门。

结果,刚一进院门,我迎面就看见,我的队员李好运,还有他的姐夫,厂保卫科科长,正搀着鼻青脸肿的冯舰艇从一间房子里走出来,背后跟着好几号人。我看着都脸熟,全是当初巡逻队的人,这些人,又没一个不哭丧着脸。"对不住啊对不住!"一见我,保卫科科长满脸都是笑,冲过来,一把握住我的手,"丰收,这点事情,还犯得着你跑一趟?"我也不知道怎么答话,只好紧紧握着他的手。他也是个痛快人,身子都没转,一伸手,从背后跟着的人里拽出一个来,再跟冯舰艇说:"舰艇,你老大来了,这样,当着你老大的面,他刚才怎么揍你的,你就怎么揍回去——丰收,你看这样行吗?"

我照旧说不出话来,照旧死命地去握他的手。

这冯舰艇,真是个厌货,咬牙切齿地奔着对方跑过去,腿脚都抬起来了,所有人都以为,他要狠狠踹上去,一哆嗦,他又把腿脚止住了,回过头,跟我说:"领导……算了。"

我一惊:"算了?"

保卫科科长也一惊:"算了?"

冯舰艇擦了把眼泪:"……算了。"

连他自己都这么说,我当然也只好算了。松开保卫科科长的手,我朝他走过去,再搀起了他。"领导,山上的老虎,得一直在,"没头没脑地,他突然小声对我说,"老虎屎、老虎脚印,我也看见了,咱们兄弟,得一直打老虎。"

听他这么说,我也哽咽了,伸手去擦他的眼泪:"好兄弟,一起打老虎。"

晚上,上山之后,可能是之前冯舰艇说起过老虎,睡觉的时候,我一直都在梦见老虎,而且不止一只。梅雨季过去了,山谷里那条翻滚了好多天的河,渐渐退了水,河床里的巨石重新露出了水面。天快黑时,我带着打虎队蹚水过河,忽听见一阵长啸,长啸既起,就此起彼伏。我一抬头,眼前所见,吓得我几乎当场闭过气去。原来,在河谷两岸四周的每一座山顶上,或站或卧,都盘踞着一只老虎,而且,尽管夜幕还没真正降临,我却清楚地看见,每只老虎的眼睛,都比灯泡还亮。天啦天啦天啦,要知道,它们越亮,就说明老虎的杀心越重,这该如何是好?正在此时,一声响雷当空而起,震得我的全身都哆嗦了起来,一直到把自己给哆嗦醒了。醒来一看,发现自己还活着,倍感侥幸,对准胸口,轻轻拍了好多遍。这时候,山上也在响雷,我从窝棚里往外看,一眼看见,无数道闪电,伴随着雷声,劈向河滩和密林,还有那些刀削般的悬崖。这山中的一切,榉树松树苦楝树,鸟叫声,上蹿下跳的松鼠、野猪们和狐狸们,面对响雷和闪电,都像是举手投降了,全无声息,被动挨打,接受着它们的命运。

就在这时,我的身体,再一回哆嗦了起来。河对岸,密林里,一个好大的家伙,正在慢慢向前移动。我霍然起身,奔出窝棚,想把它看得更清楚。只见那家伙,在一棵从榕树上垂下来的根须背后停留了一会儿,像是在观察着什么动静,而后突然跃出,跳上了一块红石岩。到这时,我何止头皮发麻,我的整个脑袋,嗡的一声,像是突然就被人砍掉了,好半天才清醒过来:天啦天啦天啦,那莫非是——?恰在这时候,一道闪电在密林里落下,正好落在红石岩边上。是它!就是它!我没看错，一只老虎，一只黄褐色的老虎，一只千真万确的老虎，就站在红石岩上，国王一样，巡视着它的地盘。随后，闪电消失，它也消失了。这可怎么行？哥呀，哥呀，你我兄弟，怎么能连面都不见一回？一下子，我就疯魔了，连马忠都忘了叫，我撒开腿，蹚水过河，狂奔着，跑进了密林。不过，一进林子，我就冷静了下来，不断提醒自己，现在，生或死，就是一睁眼一闭眼的事。想活下来，就得要轻手轻脚，就得要蹑手蹑脚。一寸寸地，我挪到了红石岩边上。轰隆一声，响雷再次炸裂，暴雨下来了，雨点就像秤砣，砸得我头重脚轻，夜幕和雨幕交缠在一起，让我什么都看不清。不管了，什么都不管了，我埋伏在地，朝高处爬行。没爬两步，一团金刚藤拦住去路，想要穿过它们，非得站起来不可。我趴在地上，闻着雨水里那些腐殖质的味道，它们让我再次冷静下来，又爬回了红石岩边上，耐心地，也是绝望地，等着那老虎走回头路。

暴雨越下越大，但我已经下定决心，今天，哪怕死在这里，好歹我也得知道，这么长时间，我他娘的，到底是在跟哪一尊神打交道。结果，刚刚才咬了牙，赌了誓，一转头，我就看见了它——那只黄褐色的老虎。那只千真万确的老虎，它正从另外一团金刚藤里钻出来，刚要再一回跃上红石岩，一眼看见我，像是也被我吓了一跳，又和我一样，在震惊里无法挣脱，甚至都忘了朝我扑过来，站在原地里，呆住了。而我，也终于把这个大家伙看得清清楚楚：厂长啊厂长，我一点都没骗你，这家伙，真的就是一只如假包换的吊睛白额虎！要命的是，等我明白过来见到了吊睛白额虎，我的命也不在了的时候，之前下过的决心，不在了，赌过的誓，也忘光了，下意识地，我吼叫了起来："放过我！放过我！"

谁能想到，那吊睛白额虎，竟突然从地上直起了身来，两只后腿还在地上，两只前腿却伸在了半空中，再开口跟我说话："……队长……队长，我是张红旗。"

第七章

一连多日，我都躺在窝棚里起不来，哪怕吃了厂医院里开出来的退烧药，烧也退不下去。每天晚上，天一黑，只要我朝密林中的那块红石岩看上一眼，准准地，高烧一定就开始发作了。接下来，还要打摆子说胡话，几天之后，我实在没法忍下去，就让马忠背着我下山，打算去厂医院住上几天。都快进厂子里了，却听见厂广播站正在播放先进人物报道。这天播的先进人物，恰好是我。播音员在播到我高烧三十九度仍然坚守在打虎第一线的时候，我感觉，她都快哭了。没有办法，我也只好长叹了一声，让马忠再把我背上了山。而这一切，全都是拜张红旗这个狗日的所赐——是的，那天晚上的那只老虎，其实不是一只真老虎，而是张红旗披上了假老虎皮扮出来的。至于那身假老虎皮，他说，他完全是受了我的启发：既然大鼓可以借上山，那么，何不把假虎皮也借上山，穿戴好，再像一头真老虎那样，在密林里跳来爬去，以此将真正的老虎吸引出来呢？这个狗娘养的，一个鬼主意，把我的半条命都给吓没了。是啊，那天晚上，当老虎突然起身，开口说话，不到一秒钟，我就吓得仰面倒地，彻底晕死了过去。所谓的气绝身亡，只怕跟我当时也差不多。见我晕倒，张红旗慌忙脱下假老虎皮，把我背回窝棚，一大帮子人，给我又是掐人中又是捏脚心，我全没反应。最后，还是马忠，拎了一大桶凉水浇在我身上，我才总算慢慢睁开了眼睛。

知道自己犯了大错，张红旗也比从前更加低眉顺眼了，没日没夜地守在我边上，喂饭给我吃，喂药给我喝。当我稍微清醒，能和他说上几句话时，他哭了好几回，把脑袋往窝棚外面的巨石上也撞了好几回，只说自己一片好心办砸了事。原本他想，多个法子，也是多了条抓到老虎的路子。天地良心，哪怕做梦，他都天天在琢磨怎么早日抓到老虎，又或直接打死老虎，好早日帮我建成不世之功。到了那时候，我再下山，别说现在享受的班组长级别了，就算弄个车间主任级别，又有什么大不了？"这么大的功，难道不配吗？"窝棚里，他激动地给我喂药，再连连问我，"要是连车间主任的级别都没弄到，咱们这么多兄弟，能答应吗？"我说不出话来，他倒是越说越来劲："队长，领导，咱们一个窝棚里睡出来的兄弟，到时候，你也舍不得不拉扯兄弟们一把，是吧？"天地良心，一边听他说，我一边恨不得马上就发配他出去炒菜，再给他爹我炒上一盘酸辣藕丁。张红旗啊张红旗，我×你妈，我×你姥姥，你说的这些话，你自己信吗？好歹，你爹我当这队长也有日子了，你以为我真的不知道，你说的句句话其实都是自己的心里话？你以为我真的不知道，你这是想夺我的位子，给自己建成不世之功吗？你他娘的，糊弄谁呢？

老实说，自从那晚被吓得晕死过去，又被救醒之后，我就想明白了一件事：张红旗，绝不是我之前以为的样子。事实上，他一直在盯着我的位子呢。这不，就算我下不了地的这几天，他也没闲着。明面上，他寸步不离，伺候我的吃喝拉撒，可是，只要我一睡着，他就猫着腰出了窝棚，再副队长上身，吆喝着，让队员们跟他上山，又命令队员们，像接力赛一般，一个个穿上假老虎皮，在山上爬来窜去。当然了，终究还是一无所获。张红旗，实话跟你说了吧，你爹我，一天天的，也在演着呢，我下不了地，那是我在想法子，待我的法子想好了，你狗日的，死期也就到了。到了那时候，可就怪不得我了，要知道，当初那个好久都没做的梦，这几天，我又反复做上了：我像具尸体，躺在炼钢炉里，炼钢炉外，我儿子压根没有来，我老婆林小莉倒是来了，还掉了眼泪，但也很快就被张红旗拉扯着离开了，如此丢脸，叫我怎么能受得了？忍无可忍，我就不忍了，于是，我不顾自己着了满身的火，从炼钢炉里爬起来，跳出去，再推开林小莉和张红旗，在厂区里一路疯跑，我身上的火点燃了路边的树，也点燃了镇虎山上从院墙外探进厂区的荒草。

要说起来，还是得怪我自己的脑子不够好使，过了几天，在我宣布自己已经退烧、重登了队长宝座之后，一开始，我只是想折腾张红旗，折腾得他受不了，自己离开打虎队。就比如，搜山的时候，我一使眼色，马忠就串通好了别的人，故意把他一个人扔在了队伍之外。果然，没隔多久，他便掉进了陷阱里，在里面叫了好半天，既没人答应他，也没人过去给他搭把手；又比如，他拴着绳子下悬崖的时候，离地还有两三米，扯着绳子的李好运，故意装作没力气了，绳子一松，他被结结实实地摔在崖下的石头上，翻来滚去，扯着嗓子喊疼，到头来，还是没人答应他，也没人过去给他搭把手。到了这个地步，他也明白，我跟他其实已经摊牌了，他更明白，现在，打虎队上下，除了他自己，到处都是我的人。但这家伙，横竖一副没皮没脸的样子，不管谁捉弄他，他都不生气，还嘻嘻哈哈。到后来，他也横下了一条心，甚至找到我，连领导和队长都不叫，就跟我摊牌："你别想把我赶走，死，我也要死在山上。"

我也不看他："那你可得受不少罪了。"

"尽管来，"他倒是干脆，"我都受着。"

我盯着他看："我待你并不薄。"

他也盯着我："的确不薄，可是，谁不想混个车间主任级别？"

我往前走了两步,再转身:"你要知道,你不是在跟我一个人斗。"

"我知道,"他嘿嘿笑了起来,"末位淘汰制嘛,他们的命门都在你手里。"

我也笑了:"你的命门也在我手里。"

他继续笑:"你不会淘汰我的,淘汰了我,我就会去厂里揭发:这山上,根本没老虎,老虎早就跑掉了。"

停了停,他又补了一句:"我不去揭发,是因为我想跟你斗一斗,斗赢了,车间主任的级别就是我的。"

话说到这个地步,就由不得我继续折磨他了——这天正午,过吊桥的时候,桥上的一块木板,谁踩过去都没事,唯独张红旗,他的脚刚一踩上去,木板就断了。转瞬间,他的身体从断开的木板里掉下去,被卡在了半空中,这下子,他想起我是他的领导了:"领导,领导,救救我!"我当然没理会他。他只好接着喊,一会儿是"王义,王义,救救我!",一会儿是"海洋,舰艇,救救我!"。那哭叫声,一遍遍在山谷里回荡着,但是,早就过了吊桥的我们,全都装作没听见,又慢腾腾地下山，下了山，再生火做饭。等我们午饭都吃完了，他才一瘸一拐地回来了。我以为，他会冲上来跟我拼命，哪知压根没有，反倒缓缓走到我跟前，脸抵着我的脸，还是嘿嘿地笑。笑完了，他砍断一根树枝，截为两截，再撕碎一件衣服，当作纱布，将两截树枝在小腿处绑好。如此，一副正骨的简易夹板就算是做好了。他做夹板的时候，我都当作没看见，所有人都装作没看见。但其实，我都看见了，而且止不住地震惊：莫非，这个狗杂种，已经变成一只狼，不不不，变成一只虎了？

恰好，前一天下山的李好运回来了，他还带来了厂里的通知：下个月的今天，就是厂庆日，到时候，收购了我们钢厂的集团公司董事长要亲临现场。因此，当晚的庆祝晚会上，各车间各生产线都要上台演一个节目，我们的打虎队也要演一个。厂长说了，这是重要任务，其重要程度，和抓生产促增效是一样的，都要施行项目制责任制，各车间主任、各生产线负责人，就是各自节目的总导演。李好运带回来的厂长这句话，就像一团烈火，迅速就把我烧着了，踏破铁鞋无觅处，再整一回张红旗的法子，却是得来全不费工夫：好吧，从现在开始，我就是总导演了。于是，我赶紧集合队伍，宣布暂停打虎，现在，立刻，开始排练节目。众人不解，问我排练什么节目。我一指那面大鼓，还有那张假老虎皮，再一指张红旗："道具在这儿，鼓在这儿，咱们的角儿，也在这儿，不排《武松打虎》排什么？"众人总算恍然大悟，给我鼓起了掌，只有张红旗，仍然用他的脸抵着我的脸："你的眼睛看不见吗？我这腿，还能演吗？"我懒得回他的话，一个眼色，马忠早早奔过来，抓住他，再推搡着他往一处平地上走过去。他一把打掉马忠的手，可是，又架不住其他人一起上前，推搡着他往前走。

随后，马忠打上了鼓，王义穿上了那身假老虎皮，就只差张红旗登台亮相了。但那张红旗，死活也不肯亮出他的招式来，站在平地里，仍对我嘿嘿地笑。我当然不耐烦，却不催他，只催马忠把鼓点敲得再快点。见我催马忠，众人也开始催张红旗赶紧开场。说到底，他还是识相，知道自己今天无论如何都躲不过去，咬咬牙，突然开口，一声念白："你不说猛虎，俺倒可不去，如今，你道冈上出了老虎，俺是偏要过冈——"念白一完，他左手指天，右手撩起并不存在的戏袍，疾冲出去几步，先抬左腿，再抬右腿——那骨折了的右腿，竟然被他抬起来了，然后，他再蹲马步。我还在纳闷着那条腿是怎么抬起来的，不料，他惨叫了一声，双膝一软，坐在了地上，大口喘着气。喘着喘着，他突然捡起身旁的一把砍柴刀，再扔给我："来，刘丰收，你来砍死我。"

听他这么说，我也不跟他演了，径直走到他跟前，蹲下去，把嘴巴怼在他的耳朵边上："要不，咱俩现在就下山，去找厂长，说这山里没有老虎，老虎早就跑了？"

显然，张红旗没想到我会这么说，张大了嘴巴："……你……长脑子了？"

"是啊，长脑子了，"我反问他，"这不都是被你逼出来的吗？"

他还是难以置信："你舍得，就这么下山？"

"当然舍不得，"我接着反问，"你不是也舍不得吗？好好想想，车间主任级别啊，兄弟。"

等他接连喘了好几口粗气，我再问他："演还是不演？"

"演啊，为啥不演？"他猛然起身，我清楚地听见，他小腿里的骨头咔嚓一响，他却不在乎了，对着马忠喊："把鼓再给老子敲快点！"

显然，张红旗疯了。只见他，霎时间被武松附体，大踏步出了场，那骨折了的小腿，反倒帮了他，既大踏步，又站不稳，活脱脱，是一个醉了酒的武松。而后，他竟然接连在半空里翻身，再稳稳落下，如此，反复了好几回。再走七星步，一步，两步，他一边走，我一边给他数着数。哪知道，他干脆利落地走完了七步，再倒着往回走七步，一步，两步，我还是给他数着数。越数，我就越是害怕：他的表情，又像哭，又像笑，已经不是人的表情，我怀疑，下一秒钟，他就会变成狼，变成虎，再冲过来，一口咬断我的脖子。怎么办？怎么办？这场仗，是我俩在打，别人都插不上手，想打赢对方，都只能靠自己。再看他，走完七星步，又开始了单脚跳，而且，他用的还是骨折了的那条腿。我×你妈张红旗，我×你姥姥张红旗，再这么把你爹我逼去，你爹我可就真的一点退路都没有了。好在是，救命稻草来了——一抬眼，我猛地看见，不远处，我的背包里，那只红色安全帽正露出一角来。就像是被雷击了，我愣了愣，下意识地，冲到背包边，拽出了那只红色安全帽，一刻不停，狠狠地，更是稳当地，给自己戴上了。然后，我转身，缓步走向张红旗，一边往前走，我一边发现，帽子底下的我，顿时就换成了另外一个人。如果有一面镜子，我应该能看见，现在，我眼睛里的光，可称之为精光，那光，比夜晚里的猫头鹰的眼睛都更亮，也更阴冷。果然，只见那张红旗，稍微愣怔了一下，手脚上的招式就慢了下来。我不说话，继续朝他逼近，就好像，是厂长正在向他逼近。一下子，他什么都不会了，走也走不成，跳也跳不起。终于，他认命了，瘫坐下来，抱着受伤的那条腿，想看我，又不敢看我，就连我的影子，影子里的那顶红色安全帽，印在地上，差点盖住他的脸，他也吓得一哆嗦。

一直到晚上睡觉，我都没有摘下红色安全帽。也是奇怪得很，自从当着张红旗的面戴上它，它就像是长在我的脑袋上了，摘不下来了。没有它，就连入夜之前的一锅热腾腾的野鸡汤，我喝起来也不觉得香。更奇怪的是，这回戴上它，我也不再心惊胆战了。虽说，偶尔一想到山下的厂长，身上还是会生出寒意，但是，那个在我的身体里持续了很久的声音，也更加坚决。它穿透寒意，挣脱我的身体，再翻山越岭，直直奔向了山下的厂长：厂长啊厂长，我造次了，可是，我造次，其实都是丹心一片，都是为了早日让你睡踏实，不再为山上的老虎所扰，所以，虎患未除，我又何以脱帽？再说了，还是那句话，只要我戴上红色安全帽，就如同你御驾亲征，它不是别的，它就是你赐给我的尚方宝剑啊，厂长！如此，就算后半夜，我从窝棚里爬起来，到河边去撒尿，也照样戴着红色安全帽——月亮很大，河水里，我的倒影清晰可见，我就对着那倒影，去认清被红色安全帽盖住了的我的脸。反复再三，死活认不清楚，紧盯着的时间长了，我也错乱了：不管认不认得清脸，伴随着河水轻轻摇动着的，分明就是一个领导的倒影。这领导，像是随时都有可能从河水里走出来，对我发出命令。又像是什么指令都没有，单单待在水里，已经足够让我觉得，天马上就要塌下来了。是啊，我把我自己都给吓着了。

只有那张红旗，实际上，并没有真的被我吓唬住。好多天，明面上，该搜山的时候，他照样跟着我们一起搜山，该开道的时候，他冲在队伍前面，手持一把砍柴刀，把树枝啊藤蔓啊灌木丛啊什么的，全都砍得利利索索。可是，他那眼神，我一看就知道，绝不是认输的眼神，滴溜乱转，处处都在盯着我的破绽；就连他那条受了伤的腿，他也横竖不管，照旧绑着几根树枝做成的简易夹板，上山下河，一样都不耽误，就好像，那条腿不是他的腿，而是长在别人身上。既然如此，我也不得不时刻提醒自己，还有别的队员：对张红旗，一定要采用人盯人战术，千万千万，别让他变成野马蜂，稍一大意，就被他从斜刺里飞出来，再把我们全都蜇得鼻青脸肿。这不，就在昨晚，窝棚里，我刚睡着了一小会儿，他就打上我的主意了——迷迷糊糊地，我突然被尿憋醒了，一睁眼，禁不住就被眼前所见吓得坐起了身来：我脑袋上的那顶红色安全帽，不知道从什么时候起，被张红旗戴上了。戴上了不说，还紧挨着我坐下，发了呆一样盯着我。

一开始，我根本没认出张红旗，还以为是山下的厂长坐在我对面。除了瞠目结舌，我哪还能说得出一句话来呢？

见我醒了，张红旗也来不及躲了，他想了想，取下红色安全帽，送过来，给我戴上。我被他弄糊涂了，更加怒火攻心，质问他："你他娘的想要干什么？"

"嘘！"他竖起一根手指头，叫我别出声，又说，"你让我好好看看你。"

就这么，我坐在地铺上，他继续呆呆地看着我。我刚想扇他一耳光，他却一把抓住我的手，先是叫我进退不能，接着，再盯着我看，看着看着，他嘿嘿笑了："你还是刘丰收。"

既然如此，我也认真跟他说："对，你爹我，就叫刘丰收。"

"我本来以为，你已经不是刘丰收了，差一点就怕上了你了——"猝不及防地，张红旗哈哈大笑了起来，一直笑到上气不接下气。这大笑声，把窝棚里的众人都吵醒了，纷纷坐起身，朝我们这边看过来，张红旗的大笑声却还是没完没了，"我认得你，你变不了，你他娘的，还是那个厌货刘丰收！"

第八章

不,张红旗的话说错了,现在的刘丰收,早已不是当初的刘丰收。天一亮,我就召集队伍,宣布了两个决定:其一,是打今天起,张红旗被开除出打虎队。当然,他不会服,一定还会赖着不下山。没关系,他要赖,那就让他赖着,但是,打虎队的其他队员,不许再跟他有丝毫瓜葛。一句话,我们的行军路线,我们的吃喝拉撒,自此不能再和他有任何关系;其二,是我不再和大家同住,而是搬到吊桥下面的一座岩洞里去,那岩洞,只能供一个人容身,所以,每天晚上,得要有人给我在岩洞门口站岗。原因是,是队伍,就得要有个队伍的规矩。之前,我跟大家同吃同喝,为的是以心换心,可是,有些人的心早就烂透了，高炉车间的火都捂不热。那么，我们这支队伍，就只能军事化管理了。既然是军事化管理，每个人，见了我，必须敬礼，晚上我睡觉的时候，必须得有人给我站岗。"领导，早该这样了啊！"我还在跟队员们啰唆着，李好运打断我的话，再环视着众人，"我把丑话说在前头，谁敢不照着领导说的话做——"他的话还没说完，又被王义打断。只见王义在我面前站定，刷地敬了一个标准礼，再回头对着众人："我也把丑话说在前头——"话才刚起了头，又被冯海洋给抢过去了："领导，我不说丑话，我说实话。这一天，我们等了好久了，你要是再这么心慈手软下去，咱们到哪天才能把老虎打掉？"

眼见得兄弟们如此听话，我也止不住地眼热，差点落下泪来，当然还是掩饰了过去。紧接着，一众兄弟，甩掉一直冷笑着的张红旗，簇拥着我，奔向了吊桥下面的岩洞。不大的工夫，垫石头的垫石头，铺被褥的铺被褥，我在山上的新居就算落成了。冯海洋和冯舰艇这兄弟俩，手格外巧，先是放倒一棵树，再噼里啪啦，刀削斧砍，转眼就给我做成了一把凳子和一张办公桌，一根钉子都没用，清一色的榫卯。桌椅既成，冯海洋先去试坐，对自己的手艺深表满意，再欠着身，恭请我坐过去。殊不料，我脸色一变，吩咐所有人即刻整队，开始今天的搜山。众人稍一愣怔，马上明白过来，军事化管理开始了。于是，全都立正，挨个给我敬礼，再鱼贯而出，渐渐消失在了密林里。那河谷里的张红旗，见大部队走远，张望了一阵子，觍着个脸，跟上去，像是追上了他们，没过一会儿，又一个人从河谷边的几棵苦楝树之间现出了身来。很显然，他是被大部队赶出来的。我在岩洞里的椅子上坐好，看他接下来如何表演。没承想，他还真的演上了——隐隐约约地，我先是看见他往地上吐口唾沫，顷刻间，身在戏台上一般，他拉开架势，阔步向前，向着一面斜坡，一步一跃，嘴巴里还在给自己打着拍子，拍子打够了，步子也迈够了，这狗娘养的，先是念白了一声："好大风，好大的风啊！"而后，他竟然高声亮起了嗓子，"觑着这泼毛团体势雄，狼牙棒先摧进；俺这里趋前退后忙，这孽畜舞爪张牙横……"

打这天开始，打虎队和张红旗，就算是分道扬镳了。这家伙，一天天，越来越疯魔，几乎不再下山回厂，反倒终日脱光了衣服，趴在地上，在一座座山头上奔来窜去。有一回，马忠他们正在搜山的时候，发现了一头猪，不是黑黢黢的野猪，而是白花花的家猪。好一阵围追堵截，将它拿下，这才发现，那根本不是什么家猪，而是脱光了衣服在地上爬着的张红旗。马忠恼怒地问他，这他娘的，又在出什么幺蛾子。张红旗的嘴，倒是硬得很，他反问马忠："假老虎皮在你们手上，我扮不了假老虎，现在把自己扮成猎物，扮成一堆老虎眼里的生肉，你们说说看，我到底何错之有？"罢了罢了，由他疯魔去吧，我和兄弟们，照样过自己的日子。可是，我都放过了他，他却一点都不肯放过我，每天晚上，他故意把他过夜的地方选在我的岩洞上方——一道绝壁上，在我的头顶撒尿，又给我讲起他当初是怎么跟我老婆林小莉上床的。我的兄弟们当然不想放过他，想冲上绝壁去揍他，却都被我止住了。一来是，摸着黑上绝壁，无异于自找死路；二来是，《卡耐基领导学大典》早就被我翻烂了，要是三两句话就被他激怒了，我当的是哪门子的领导？再说了，现在，我的枕边书，都已经变成《厚黑学》了。这些书，我都没有白读，正所谓，他强由他强，清风过山岗。所以，到了后来，半夜里，他为了吵我睡觉，故意唱起戏来，他爹我，干脆就跟着他一起唱："虎啊，你要显神通，便做道力有千斤重，管教你拳下尸骨横，拳下尸骨横……"

唯一的例外，是今晚：天上起了大风，刮得人都站不稳，大风穿过绝壁和绝壁之间的缝隙，发出比狼嚎声都更加尖厉的声音。原本是王义在岩洞外给我站岗，法也容情，我让他早早就回窝棚里睡下了。奇怪的是，后来，风停了，那些被风刮倒的树，一棵棵都重新站直了身，我却没有听到张红旗的任何动静。一开始，我全不在意，睡着了，一睡着便做梦，梦见他正在睡我老婆林小莉。林小莉把自己脱得精光，坐在他身上，再对他说："你不要动，我来。"这可如何了得？我被他们急醒了，睁开眼，继续听绝壁上的动静，左听右听，愣是一点动静都没有。突然，一股不祥之感袭来，我从床铺上一跃而起，大声喊醒窝棚里的兄弟们，再告诉他们，张红旗可能不见了。众人都没在意，只有马忠，三下两下，做了个火把，再举着火把，攀上了一棵树。在树上，他将火把伸出去，照亮绝壁，很快又冲我摇头，意思是，张红旗真的没在上面。王义打着哈欠，一撇嘴："这狗日的，没在就没在吧，被老虎吃掉了才好呢！"没等他说完，我就劈头扇了他一耳光，再告诉大家，张红旗肯定不会无缘无故不见了。他要么被老虎吃了，要么就是正在憋着什么大招。这两件事，对我们来说，都不是什么好事。所以，现在，马上，所有人都要出动，去找到他，活要见人，死要见尸。众人还在张望着，嘟囔着，还是马忠，从树上下来，二话不说，手持着火把和五股钢叉，掉头就进了密林中。

一直到两个小时以后，人事不省的张红旗才被押送到了我面前——据冯海洋和冯舰艇兄弟俩说，事实上，他们早就发现了他，可是，这家伙鬼精鬼精，干脆灭了手电筒，摸着黑往前跑，实在没法子了，才打开一会儿手电筒，立刻又再灭掉。所以，他们两兄弟，哪怕迂回行进，又分头包抄，还是被他远远甩在了后面。眼看着他就要跑下山去，连钢厂的大门都遥遥在望的时候，幸亏了，一只乌雕，也盯住了他。那乌雕，视力好得很，一直绕着他飞，一旦瞅准了空子，就俯冲下去啄他的头。他三躲两躲，一脚踏空，从山脊上掉落，跌进了一条满是石头的深沟，乌雕这才飞走。等到乌雕飞走，这兄弟俩，终于敢蹑手蹑脚，下了深沟，轮换着将那倒霉鬼背了回来。现在，这倒霉鬼，淌了一脸的血，并没晕过去，眼睛半睁不睁，仍在死死盯着我。他的两只手，却牢牢护在胸前，越发让我觉得，他的身上有鬼：如果没有鬼，大半夜的，他跑下山去干什么？就不能等到天亮了再下去？更何况，他还亲口跟我说过，死他也要死在这山上。于是，我回头吩咐众人，去搜他的身。果然，听说要搜身，张红旗使出了吃奶的力气，想要挣脱出去。最终，还是被兄弟们摁死在了地上。

张红旗的身上，真的有鬼：从上到下，到裤裆里，兄弟们结结实实，把他搜了一遍，除了胸前内兜里的那个皮夹子，什么都没搜到。可是，我绝对不愿相信，事情会这么简单。于是，我一把夺过那只皮夹子，飞快地翻看。只看了一眼，我的身体，就止不住地颤抖了起来——在两张零钱之间，竟然夹杂着几十根白头发，第一眼看上去，我被它们吓住了，我还以为，这个狗娘养的真的碰到了如假包换的吊睛白额虎，这些，都是被他从老虎身上拽下来的毛发。第二眼，我又发现，它们全都似曾相识。是的，错不了，它们就是几十根白头发，跟我当初呈给厂长的一样，它们也被醋泡过了，变软了，既显得白，又不是白头发的那种白。好险哪，攥着这几十根白头发，我先是被张红旗气疯了，而后，莫名地，又觉得心里发酸，将那几十根白头发深深地嗅了一遍，再问他："还有股酸味儿……这是晚上才琢磨出来的？"

他也索性一点都不瞒我："就刚刚，刮大风之前。"

我接着问："咋想出这法子的？"

"脑子好使呗，"他嗤笑一声，往地上吐出一口血，"你也不是不知道，你的脑子，跟我的脑子，中间隔着十万八千里。"

我下意识地点头，赶紧又打住："……如果我没猜错，你这是要把它们拿给厂长，再告诉他，你跟真的吊睛白额虎交过手了？"

"恭喜你，答对了。"他强撑着坐起身，背靠上一棵树，喘了一阵子。突然，他像是明白了什么，身体一抽搐，接连咳嗽着问我："你当初拿给厂长的，是不是也是这个？"

我看着他，没说话。

"我总算明白了，这法子，你早就用过了。"他低下头去，有好一阵子，他都在一边叹气，一边摇头。然后，他一把抓住身边马忠的裤腿，对着马忠，也是对着众人，大声喊起来："兄弟们，你们都被他骗了，咱们都被他骗了，连厂长，厂长也被他骗了，他压根就没见过什么真老虎！"

听他这么说，兄弟们也都齐齐看向了我。而我，却没把他的话放在心上，反倒笑了："我见过真老虎，兄弟们也见过，除了你之外，所有人都见过真老虎，老虎屎、老虎脚印，我们全都看见过。"

我的话刚落音，冯舰艇就一脚飞踹在张红旗身上，再冷笑着对他说："我见过。"

接下来，我高高举起那几十根白头发，也故意抬高了声音，好让众人听得更清楚一些："如果我没猜错，你会拿着它们，去跟厂长说，我们这支打虎队，这么长时间，连根老虎毛都没再碰上过，还不如，让你另外成立一支打虎队，由你来当队长，对不对？"

"真要是那样的话——"张红旗既然不接话，我便继续往下说，"真要是那样的话，我就完蛋了，兄弟们也完蛋了，毕竟，谁手里有老虎毛，谁就离老虎近，谁离老虎近，谁就能再组一支打虎队。不过，你想没想过，你上了岗，我们下了岗，这么一来，吃不上药的，又该吃不上药了，想把手给切了的，又该去切手了……"

到了这时候，马忠手里的火把，总算燃尽熄掉了，至此，我的话也已经说完了，扔下所有人，一个人朝前走。很快，我就听见了张红旗的惨叫声，不用猜我也知道，兄弟们每个人都在心底里暗道了一声：好险哪！而后，齐齐对他都动了手。只差一步，就要吃不上药，只差一步，就要去切手，现在，他们岂能轻易放过这个罪魁祸首？过了一会儿，我听见有个什么东西，被他们从山崖上扔进了谷底，随后，张红旗再无一点声息。顿时，我明白过来，被扔进谷底的，正是张红旗。我怕他就这么死了，赶紧转身，想回去看看，兄弟们到底把他折磨成了什么样子。可是，一股委屈，巨大的委屈，阻挡着我，叫我不要再往前走。算了，什么都不管了，我不再理会张红旗，也不再理会兄弟们，朝着一座山峰，狂奔而去。一路上，鸟雀被我惊醒，四处乱飞，果子狸从壕沟里奔出，与我几乎撞了个满怀,而我,对这世上的一切都不想再理会,直直跑向了我想去的那座山。上了山,我直奔山顶,找到了从剧团里搬上山的那面大鼓,一口气也没歇,手持鼓槌,站定,开始敲,咚咚咚,咚咚咚。鼓声一起,更多的鸟雀从一座座山头里飞出来,哇呜哇呜的,叽叽喳喳的,什么样的叫声都有。这叫声扩散出去,终于引得狼群震动,一只一只的狼,也跟着一只一只的鸟哀嚎起来。最近的狼嚎声,离我只有不到十米远,而我根本就不管不顾,继续敲,敲完弱拍敲强拍,敲完鼓面敲鼓边。越敲,委屈越大,干脆哭了起来。随后,我又一边哭,一边唱:"老天何苦困英雄,叹豪杰不如蒿蓬。不承望奋云程九万里,只落得沸尘海数千重。俺武松呵,好一似浪迹浮踪,也曾遭鱼虾弄——"

张红旗并没有死,是啊,他轻易怎么会去死呢?被扔下谷底之后,再没人去管他,到了天快亮的时候,他却爬回了过夜的窝棚,还睡得打起了鼾。众人一见,这还了得,于是将他拖出窝棚,绑在了一棵榉树上。早晨,等我睡醒,马忠进了岩洞,问我接下来该如何处置他。我略微想了一小会儿,做了决定：打今天起，将他关进另一座岩洞里去。那座岩洞，常年滴水，地上湿滑一片，当然不适合住人，但是，适合住畜生。众人得令，很快将那畜生锁拿进洞。冯海洋和冯舰艇兄弟俩，麻利地砍倒好几棵树，做成一道木栅栏，当作牢门，结结实实安在了洞口，再用铁丝将牢门扎死，任那畜生使多大的力气，也休想推开，更别想出岩洞半步。爹啊，妈啊，你们要是在天有灵，千万别怪我和畜生一般计较：不和他计较，我就得完蛋，兄弟们都得完蛋。要是放他下了山，只要他的脑袋上还长着白头发，我就得完蛋，兄弟们都得完蛋。至于要把他关到哪一天为止，老实说，我不知道，答案不在我手里，答案在老虎手里，答案在厂长手里，至于我，我就过一天算一天吧。果然，没过多大一会儿，张红旗就在岩洞里大呼小叫了起来，我吩咐王义前去查看。王义回来禀告我说，几只狐狸，都是公狐狸，可能正在发情期，又找不到下家，干脆穿过牢门，进了岩洞，齐刷刷围攻张红旗。现在，他已经被咬了好几口，只好手脚并用，爬到了离地好几米高的洞壁上，一步也不敢下来。

如此甚好。我大仇得报，张红旗罪有应得，这日子，就这么一天天过下去吧。这天，我带着全队下山休整，顺便带回新的粮草。临下山时，路过关押张红旗的岩洞，本想扔进去一点口粮给他，以免他在我们下山时饿死，哪知道，已经饿了好几天的他，又在岩洞里走台步，看上去，还是活脱脱一个醉武松。他一边走，一边念白不断："道崎岖，路不平，吃得个醉醺醺，只觉得站立不稳——"见我走到牢门之外，他竟来了精神，径直扑在木栅栏上，眼睛里满是血丝，眼神倒是一点也不厌，再对我说："昨天晚上的梦，真得劲，我×了林小莉一晚上，射了不少——"他的话还没说完，马忠的五股钢叉就伸进木栅栏，将他捅翻在了地上。我能怎么办呢？我也只有手拎着口粮，转过身去，再咬紧牙关，带兄弟们下山。好在是，好死不死，当我们下了山，进了工厂，在澡堂子里泡澡的时候，一帮不开眼的狗杂种，撞到了我和兄弟们的枪口上。这帮狗杂种，其实还是当初巡逻队里的那帮破烂玩意儿。可能是喝了不少酒，见我们来了，也不知道避让，那为首的，胆大包天，竟敢靠在池壁上，斜着眼看我，意思是：想当初，你他妈也不过就是个炉前工，有什么可牛×的？好吧，就是他了。我慢慢走过去，在他头边蹲下，没给他任何反抗的机会，一把拽过他的头，撞向池壁。如此反复几次，他的鼻子，他的嘴巴，全都出了血，池子里的一小摊水就变红了。他想叫喊，却更没有机会。每回他刚想喊出来，我就将他的头按在了水里，直到他的四肢全在抖动，我才将他放出水面。再看着他周围的血水扩散开去，自始至终，都没对他说过一句话。

第九章

夜深了，笔录做完了，我也该回家了。说起这做笔录，也算是一波三折：之前，澡堂子里，见那为首的已经被我折腾得瘫倒在池子里，无法动弹，他的众手下，连衣服都来不及穿，纷纷夺路，想要逃出去。我当然不同意，喝令兄弟们，一个都不许放过。兄弟们得了我的命令，好似如虎添翼，将那帮破烂玩意儿一个个截住，要么将他们飞踹进池子里，要么学着我的样子，拽着他们的头，来回在池壁上撞。所以，池子里不时就会浮泛起一片血水，红红的，就像是一只只漂在水面上的麻辣火锅，把那一众人等收拾得七七八八。这时候，李好运的姐夫，厂保卫科科长带人来了。事已至此，样子还得做，那些狗杂种，该送医院的送医院，没送医院的，还得跟着我和兄弟们一起，去保卫科做笔录。说是做笔录，于我，其实就是坐在保卫科科长的办公室里喝酒。几杯酒喝下，身体通透了不少。保卫科科长跟我打赌，等我打完老虎，至少可以弄上个车间主任级别。我对他笑，不说话。这时候，办公室外突然传来一阵骂声，有人点着我的名字，大喊着说要×我妈。保卫科科长脸色一变，问我："一家人不说两家话，你动手还是我动手？"我还是对他笑，不说话。他放下酒杯，冲出办公室，解下皮带，对着那骂我的人就是一顿猛抽，直抽得对方一点声音都没了，这才回来。一进屋，他便气喘吁吁地问我："苟富贵，勿相忘。丰收，等你牛×了，不会把这句话给忘了吧？"

也不知道是怎么了，出了保卫科，兄弟们各自散去，在往家里走的路上，我的下面，就硬了。路过一家发廊时，几个东北姑娘，正坐在小马扎上斗地主，估计都是新来的，竟然全不认识我。见我路过，姑娘当中的一个烟酒嗓，大声招呼我："大哥，性生活，过不过？"我还没应答一句，她却指着另外一个姑娘喊起来："四个老K，炸死你个王八蛋！"我不再理会她，三步两步，越走越急，下面也越来越硬，终于站在了家门口。家里面，电视机里正在播着一台什么晚会，声量很高。但是，林小莉跳舞的动静更大：电视里一播晚会，晚会里只要有跳舞的节目，十有八九，林小莉都会跟着跳。我站在家门口，想了想，从背袋里掏出了那只红色安全帽，给自己戴上了，这才掏钥匙开门。林小莉一见红色安全帽探进门来，吓得几乎叫出声，认清是我，这才拍着胸口不再跳舞。我也没跟她客气，径直对她说："把衣服脱了。"也许，她是在嫌我过于鲁莽，刚想对我说句什么，我加重了语气，像是在跟队员们下令，一点商量也不给："把衣服脱了！"这样，她也不再废话，将自己脱得干干净净，我又小声吼出来："转身，趴在电视机上！"林小莉还是照我的话做，转过身，把后背和屁股对着我。我走过去，贴住她，她身下的电视机里，明星们正在你一句我一句地合唱："轻轻敲醒沉睡的心灵，慢慢张开你的眼睛……"而林小莉，已经张开了，已经湿漉漉的了，我先是满意，然后又心酸，摘下红色安全帽，举到她眼前，问她："……是不是因为这个？"她先是点头，然后又摇头，伸手去掏我的下面："快，快！"

第二天，上山之前，我先去厂部大楼，见了一个导演，还有他的团队。这导演，可不是一般人，据说，他的姐夫，正是收购了我们钢厂的那家特钢集团的董事长。此次率团队前来，为的是，给我们的厂庆拍摄一部宣传片；又据说，当他听说我们这支打虎队之后，一下子来了精神，死活都要上山跟拍，我们去哪里，他们就要跟着去哪里。这可真是吓坏我了：我们在山上斗地主，难道要他们跟着拍我们斗地主？我们打野鸡捉野兔做野味汤，难道也要被他们拍到镜头里去？所以，跟导演一见面，我就再三跟他说，那山上是多么险恶的所在，被狼群盯上，被乌雕啄上，又或坠下悬崖，全都是家常便饭。说着说着，我忘形了，跟他说起了我们是如何穿上假老虎皮来诱骗真老虎的，生怕他不信，我再接着添油加醋：为了让真老虎相信我们不是假扮的，穿上老虎皮的人在爬行的时候，一路上，什么都得吃，生肉、腐肉，乃至贴着地面长的麦冬和葫芦藓，都要一口气吃下去。哪知道，我给自己挖了个天大的坑。"什么是戏比天大？"那导演兴奋地敲着桌面，面向他的团队，几乎是吼叫起来，"这他妈就是戏比天大。你们说说，不拍这个拍什么？"

天大的坑，我也得给它填上。明摆着的，打虎队要被拍摄这件事，靠躲是躲不过去了。导演已经定下了日子，三天后，等他们在厂里把别的素材拍完，哪怕天上下刀子，他和他的团队，也会扛着机器准时上山。我刚想再劝他几句，别冲动，千万别冲动，在外出差的厂长来了电话。有人喊我去接听，话筒里，只传来厂长的三个字："配合好。"我也只有手捧着电话，连声说："配合好！配合好！"好吧，既然如此，那我也只好从头收拾旧山河了：当天，上了山，我和队员们一起，又重新在山头和山头之间布好了铁丝网。还有那些被雨水灌满的陷阱们，一桶桶，我们把水全都拎出来清空了。更有好多被收好了堆起来的那些铁夹子，一个个的，在密林里、河道边、吊桥下，被我们再一回安置好，埋伏好。就连我自己，也连夜毁掉了山上的新居，搬回到窝棚里去住。过河的时候，也中了埋伏，一脚踩在了铁夹子上，疼得我啊，恨不得马上就把负责在河道边布夹子的王义一刀给砍了。以上种种，都还算得上顺利，唯有一件事情，所有人都做不到，那就是，穿上假老虎皮之后，吃生肉和腐肉，吃麦冬和葫芦藓。好吧，既然戏比天大，身为打虎队的最高领导，我只好亲自出手来给大家做个样子。可是，还不说生肉和腐肉，第一口葫芦藓下肚，我就吐得遍地都是，这可怎么让别的兄弟们也来接着吃？

说实话，这些重场戏，我不是没有想过，就让张红旗来演：满山里，一整支队伍，恐怕也就只剩下他还有这股子狠劲。但是，想一想也就不敢再往下想了，这个狗娘养的，全身上下，哪一寸骨头不是反骨？要是真让他演，万一拍摄的时候他突然对导演说破了实情，告诉他，这么长时间，一整支队伍，连根老虎毛都没碰见过，我和兄弟们又该如何是好？再说了，为了不让即将上山的摄制组发现张红旗的行迹，我早已指示队员们，打上山开始，不要再给他送口粮，饿着他，最好是饿晕他，让他没有力气大呼小叫，也好让我们平安度过拍摄期。不若此，我们受了这么大的苦，岂不全他娘的白费了？话虽如此，后半夜，睡在窝棚里，我还是起了身，想去看看张红旗。倒不是动了什么恻隐之心，而是想去吸吸他身上的气。对，我得承认，他身上确实有股子气，是妖精修成人的那种气，是五行山下孙猴子的那种气。果然,他还真是没让我失望:当我靠近木栅栏,透过月光,一眼看见——虽说他已经饿得站不起来——他正紧缩成一团,趴在岩洞正中的一块石头上。可是,一见我,他就死死盯住了我,看上去,他反倒更像一只生了病的老虎。尤其是那两只眼睛,黄黄的,像两只小灯泡,带着一丝寒气,直直朝我照射过来。不自禁地,我就打了个寒战。

该来的,总归会来。第三天,一大早,摄制组准时上山了。那导演,真的是戏比天大,第一场,就要拍我们吃生肉和腐肉,吃麦冬和葫芦藓。我一边吩咐众人,顺着好几条刀削斧砍出的小路,布下了生肉——这些生肉,有兔子肉,有狐狸肉,也有果子狸肉,一边却心急如焚:到底谁能救下今天这个场?结果是,没有人能救场,就连马忠,穿上假老虎皮,趴下身体,别说吃生肉,只吃了几口路边的铁线蕨,他便站起身来,连连对我摇头,意思是,他实在是不行。我只好编瞎话对付导演,说马忠前几天食物中毒,换个人上,再换个人上。导演同意了,演员换成冯海洋。冯海洋显然下了狠心,照直对着果子狸肉就下了口,吃完了,还故意抖动了几下虎尾,引得导演一竖大拇指。结果,他刚往前蹿出去几步,哇的一声,果子狸肉,还有他之前吃的早饭,全都吐了出来。见到剩下的兄弟们全在步步后退,都生怕下一个轮到自己,我只好对导演继续编瞎话:实不相瞒啊导演,我们所有人,前几天,都食物中毒了,要不,你先拍别的,容我们缓缓,缓过来了,再来拍这场戏?哪知道,导演不高兴了,冷下脸来,问我:"要不,我给厂长打个电话?"

"别别别——"我一听就急了,咬着牙说,"我来上。"

导演笑了,一把搂住我,跟我交起了心:"这么跟你说吧,除了拍宣传片,我还有一个身份,就是纪录片导演。一上山,我就后悔了,后悔我过去拍的那些东西,那他妈都是些什么呀!打现在起,我就拍你们了,拍完了,拿到法国去参赛,到时候,我请你们跟我一起去法国领奖,怎么样?"

我能说什么呢?我只能哭丧着脸,再对他挤出一点笑来:"听你的。"

于是,拍摄重新开始,我穿上了假老虎皮,再戴上耳机,时刻听令于导演的指挥。当我爬行到一棵拐枣树边上,导演说："蹭一蹭，往树上蹭一蹭。"我演技爆棚，干脆将整个身体放倒在拐枣树上，上下来回，慢慢地蹭，两只虎眼，也半睁不睁，活脱脱一副又痒又困的样子。导演连声说："好好好！"而后，我继续爬行，爬到一块兔子肉前。"要注意了啊，"导演轻声下提醒我，"狼吞虎咽的意思，你明白吧？一口气吃完，别歇，明白了吗？"我当然明白"狼吞虎咽"的意思，可我实在做不到啊，可是，现在的情形是，我根本没有任何退路，罢了罢了，是成是败，就在今天了：我吸气，再吐气，将神志稳定下来，终于入了戏。只见我，霎时间，被真正的老虎附体，摆动头颅，须发飘飘，再发出一声长啸，直冲兔子肉而去，一口咬住，却咬不断它。为了让戏连贯，我并不慌张，作势发出第二声长啸，像是在用这啸声驱赶围上来的敌人，再回头，用双手，也是用假老虎的两只前爪，死死将兔子肉按住，接着去咬第二口。总算顺利地咬断了它，就这么，兔子肉进了我的嘴巴，我根本不去嚼它，活生生吞了下去，吞完之后，再来一口，还是没有嚼，直接吞下。"我×，"导演失声喊了一声，"这么牛×吗？"我再去咬第三口，就在这时候，突然间，我所有的动作全都卡住,天哪天哪天哪,要出事了,我不甘心就这么出事,正妄想着再用第三声长啸去掩饰这卡住,终究没办法。我仰面倒在了地上,呕吐物也向着半空喷溅而出,那些呕吐物,洒在生肉上,洒在大片葫芦藓上,也洒在了身边摄像机的镜头上。

"假的,全他妈都是假的,"导演走过来,在我身边蹲下,盯着我看了一阵子,再起身,命令他的团队,"收拾东西,准备下山。"

"别别别——"我的天都快塌下来了,一翻身,用双手,也是用假老虎的两只前爪,死死抓住导演的裤脚,"导演,再给次机会吧?"

导演没回头,但止了步:"再给一次机会,能演好?"

"能,一定能。"我喘着粗气,对他说,"再来一次,一定让你满意。"

谁都没想到的是,恰在此时,我背后竟然传来了张红旗的声音:"要不然,让我来试试?"

我的脸,猛然失色,赶紧回头去看:一点都没有错,千真万确，真的就是张红旗逃出了生天。现在，他就像当初在岩洞里一样，趴在一块巨石上，病恹恹，懒洋洋，但是，说话的声音，还是中气十足。一见之下，岂止是我，打虎队的所有人都差不多尿了裤子，被铁丝扎死的牢门都关不住他，好几天没吃东西也饿不死他，难道说，这个狗娘养的，真的成了精？还有，他既然有本事逃出生天，为何还要赖在这山上，而不是拿着他的白头发飞快下山，去找厂长讨功？显然，张红旗也明白我在琢磨什么。"早跟你说过了，来什么，我接什么，"他笑盈盈地盯着我，再告诉我，"一样样来，你爹我，陪着你。不过呢，要说演戏，你还真得看你爹——"张红旗还在说话，导演却不耐烦了，问他是哪根葱。他也毫不怯场，接口就答他："我是真老虎。"导演还摸不着头脑，但见那畜生，又演上了：骤然间，他跃下巨石，四肢牢牢着地，身体与长到我膝盖处的灌木持平，绝没有半点抬高，再左看看，右看看，稍后，定下一个方向，直接蹿入密林。什么金刚藤，什么野蔷薇的刺，全都不在他话下，没有任何犹豫，更没任何闪失。他越过它们，直直奔向了一道崖壁。那崖壁上，岩石突起，侧柏还没长大，刺丛遍地都是。张红旗却如履平地，两只前爪抓住侧柏，劈头钻入刺丛，穿过去，四肢仍没有半点抬高，直挺挺，紧绷绷，转眼到了崖壁中间，稍作停歇，再一跃而下，往回奔来。一路上，枯叶四起，正开着的花在他的横冲直撞之下，纷纷离开枝头，掉落在地。到了此时，导演早已目瞪口呆，我和众兄弟也早已目瞪口呆，一句话都说不出来，反倒是他，没事人一样，回来了，还趴在地上，先笑嘻嘻地问导演："是不是真老虎？"再一指我身上的假老虎皮，"还不脱下来，给你爹扮上？"

完蛋了，一切都完蛋了。就这么一会儿工夫，主角换了。假老虎皮，被张红旗穿上了，我用过的耳机，也被张红旗戴上了。"一，二，三，"导演大喊一声，"开始！"拍摄开始了，要说，灌木丛里的张红旗真是稳得住，现在，他并没有像之前一样狂奔乱窜，反倒久久不肯现身，只是盘踞着。慢慢地，虎头高过了灌木丛，虎皮与灌木丛贴在一起，显得那老虎，似在非在，似有似无。一下子，气氛变真了，就像不是在拍摄，而是一只真正的老虎盯上了猎物。而我们，就是被它盯上的猎物。当它冷不丁地朝我们看一眼过来，我也好，导演也好，甚至它身边的摄像师，都下意识地往后退了一步。终于，老虎出动了，不，是张红旗出动了，一点也不像我之前那么慌张，而是闲庭信步，却自有一股寒意慢慢生出来。这寒意，伴随吹过来的冷风，让匍匐在地的一片麦冬也忍不住摇晃起来，更是吓得一只正在几棵土茯苓之间孵蛋的鹌鹑连蛋都不孵了，扑扇着双翅，飞上了不远处的冬青树。对此，那张红旗，那假老虎，好像早已司空见惯，仍然一步步往前踱去，不轻不重，不增不减，终于，它来到了一块狐狸肉前面。现在，所有人，都把心提在了嗓子眼儿，唯独张红旗，就像回到了自己家，埋下头，对着那狐狸肉，不经意地，蹭了蹭，又嗅了嗅，张口就开始吃，一口，两口，三口。见他如此，我又想吐，冯舰艇也想吐，刚弯下腰来，导演便目露凶光，狠狠盯着我们。我们只好忍住，直起身，继续去看张红旗如何表演。没想到，那么一大块生肉，霎时间，张红旗就已经吃完了，惊得导演都忘了指挥，由着他越来越入戏。但见那畜生，晃动着虎尾，慢悠悠，踱向果子狸肉。中间，它要经过一大片蘑菇，它本来已经走过去了，想了想，回头，非要给自己加戏，对准蘑菇们，探头，抵近，张口，一口吃掉一颗,再一口吃掉另一颗。这下子,冯舰艇忍不住了,大声喊起来:"那是见手青,吃了是要发疯的!"不料,导演一把捂住了他的嘴,再去看张红旗,张红旗没听冯舰艇这么喊还好,既然听见了,他就更来劲了,叼起一颗个头最长的见手青,故意放慢速度,一点点嚼,看上去,就像叼着一支烟。

第十章

满山的松树榉树苦楝树啊，还有满山的狐狸野猪猫头鹰啊，你们都是我的爹，我是你们的儿子，不，孙子，你们早就知道我的名字，是的，我还是那个刘丰收。后半夜了，满山的猫头鹰和野鸡都睡了，狐狸和野猪也睡了，我和我的兄弟们，却还不能睡，也不敢睡。只因为，厂长发话了，找不到那导演，我们所有人，一辈子也别想再回工厂里去了。可是，你们都看到了，悬崖下，绝壁上，山谷里，甚至狼窝边，我们全都找过了，几天下来，为了找到他，每个人都落下了一身的伤。我的师弟马忠，入夜的时候，在一道山脊上，一脚踏空，差点从悬崖上跌下，幸亏被崖边的一棵黑松挂住，性命虽然没有丢,他的左眼,此前便已伤着了,一直在渗血,现在又被一根松枝戳中,那血滴得愈发汹涌,他却死活都不肯离开,只是胡乱包扎一番,再和我们一起上山下山,非要找到那导演不可——是的,那导演,已经丢了好几天了。这一切,我该从哪儿说起呢?罢了罢了,坦白从宽,我还是老老实实,从张红旗吃下见手青开始说起吧:按照导演的命令,在吃完见手青以后,张红旗又利利索索,吃下了一块果子狸肉。面对张红旗的表演,导演岂止是满意,简直已经佩服得五体投地,口口声声叫着张老师:张老师您先休息一会儿,张老师要不要喝口水?恨得我啊,巴不得被他吃掉的那些生肉突然就变成武侠小说里的鹤顶红,一刻也别等,就现在,毒性发作,他的胃肠,他的肝胆,他的心脏,一寸寸,一截截,全都被鹤顶红腐蚀。然后,他倒地,死掉,拉倒,但是,就像歌里唱的,一年过了一年,一生只为这一天,现在的张红旗哪还有心思管我们呢?导演先是吩咐团队准备转场,换场景去拍下一场,再转身招呼张红旗,要和他一起同行。张红旗却没管他,远远地,甩开众人,消失在灌木丛与桦树林背后。跟之前一样,直挺挺,紧绷绷，似在非在，似有似无。"张老师这是要默戏啊……"导演恍然大悟过来，再吩咐团队，"别打扰，谁都别打扰他！"

下一场，按导演的设计，是要拍假老虎过河。一行人，在导演的带领下，来到了两座山之间的河谷里。机器架好了，导演也在监视器前头坐定了，却迟迟不见假老虎张红旗的影子。导演催了好几拨人回到来路上去找，横竖没找到。这么一来，我和打虎队的众兄弟们就又急坏了，你看看我，我看看他，脑子里琢磨的，其实是同一件事：那个狗娘养的，不会又拿着自己的白头发跑回厂子里去了吧？只不过，这一回，我们还是多虑了：没过多久，我们身后的密林里，冷风大作，风吹树低，一股说不清的煞气在树与树之间升腾起来，又运转开去。将野果们震惊，再也把持不住，一颗颗，欲坠不坠。也将一群黄鼠狼吓坏，四散着冲向河谷；其中一只，跑得太快，被两块石头卡住了腿，它竟回头，几口下去，将腿咬断，这才踉跄着跑远。之后，密林里传来好几阵古怪的声音，那声音，一会儿像是有人在哭，一会儿像是人在笑。稍后，哭笑声变成了说话声，既像有人在对旁人说话，也像是那人在跟自己说话。河谷里的每个人，全都纳闷着，也都在倒吸着凉气。再去仔细地听清它们，突然间，那说话声又变成了动物的咆哮声，是狼在咆哮吗？是狍子在咆哮吗？都不是，我听清楚了：那咆哮声，其实就是我之前喊出来过的老虎的长啸声，只不过，那咆哮声在反复试探，一再调整，终于找准了声调，这才一声高过了一声。伴随着这些咆哮声，冷风更大，树也被风吹得更低，终于，我们的主角，假老虎，张红旗，出场了——他，或者它，停止咆哮，安安静静地从密林里现身出来，冷冷地打量着眼前众人，再一步一步，踱向河谷里最大的一块巨石——石头再大，对他也不是事，两只前爪，往上一搭，不费吹灰之力，便在石头上盘踞下来，再逼视着我们。到了这种时候，我们之中，连导演在内，哪里还有人敢跟它搭话？一个个，全似犯了错的小鬼，放下活计，乖乖站好，等待着阎王爷的发落。

谁能想到呢？假老虎，张红旗，好不容易开口说话了，却是带着哭腔，哭腔里，夹杂着天大的委屈，他问在场所有人："为什么，你们就是不肯放过我？"

所有人，你看我，我看他，既不知道张红旗在说什么，更答不了他的话。

"一九六九年,你们就不肯放过我,三十年过去了,你们还是不肯放过我。"猛然间,他气急败坏了起来,摆动头颅,露出利牙,发出一阵和之前在密林里一样的咆哮声,继续问:"你们告诉我,我究竟做错了什么?"

"完了,他疯了!"我身边的李好运小声对我说。

"别出声。"我用比李好运更小的声音止住了他。

李好运却还在嘟囔:"见手青吃多了……他把自己当成真老虎了。"

"你们倒是说话呀!"巨石上,张红旗还在呵斥着河对岸的我们,"一出《武松打虎》,你们不是演了几十年吗?咚咚锵,咚咚锵,那个张红旗,不是武松吗?不是打老虎打了二十多年吗?我现在就在这儿,你咋不上来打我啊?来吧,咚咚锵,咚咚锵,张红旗,你他娘的,走七星步,上台,来打我啊——"

这下子,我们所有人,都糊涂了,导演也糊涂了,问他:"你不就是张红旗吗?"

"我当然不是——"张红旗又是一声咆哮,"我他娘的,是老虎!"

停了停,他像是想起来了什么,再问我们:"刘丰收在不在?"

"……在。"其实,我早就知道,眼前这个情形,我是无论如何都躲不过去的,干脆从马忠和王义背后举起一只手来,"我在。"

"尿货,不,你比尿货还尿,"他耻笑着,"张红旗睡了你老婆那么多年,你咋不把他狗日的揍死拉倒?"

老天作证,我实在不知道该怎么回他的话,想了好半天,才问他:"你现在,到底是老虎,还是张红旗?"

"老虎,再他娘的跟你说一遍,"他被我的话真正激怒了,腾的一声,跳下巨石,蹿到河边,迎着河中泛起的水汽,四肢牢牢地抓紧了身下的鹅卵石,再盯着我,一字一句,"老虎,我他娘的,是老虎。"

"你他娘的够了!快给我滚过来,开工——"哪知道,偏偏这时候,导演发话了,只见他,一把拨开他的团队,走上前,径直对着张红旗,再隔着一条河,把耳机扔到对岸,冷声对张红旗说了两个字,"戴上。"

完蛋了,一切都完蛋了。导演的话音刚落,张红旗的攻击就开始了:他先是轻轻笑起来。这笑,阴沉得很,也凄凉得很,就好像,他是在用这笑提前告诉众人,接下来,不管发生什么,都怪不了我。对你们,我早已仁至义尽,还是你们,把我逼得没有一点退路。既然如此,你们就等着吧——在水汽中,假老虎,张红旗,低吼着,先往后退了两步。然后,骤然跃起,往前冲去,在半空里,低吼变成了嗷嗷之声,那嗷嗷之声,像是故意被拖长了,每一声又突然收住。我也好,剩下的人也罢,我敢肯定,不管是谁,但凡听见,身上都会起一身鸡皮疙瘩。实在是,那吼声,比真老虎的吼声还要真,还要更吓人,即使那导演,也被吓住,张大了嘴巴,连连后退。但是晚了,张红旗已经过了河,当空而下,而他的嘴巴,早就张开,直盯着导演的脖子去了。果然,导演没能避开,在张红旗落地的同时,他的脖子,已经被咬破,血喷溅出来,溅在鹅卵石上,也溅在张红旗的吊睛白额上。这可如何得了,正在导演捂着脖子仰面倒地之时，他的团队，奔跑过来，将他团团围住，以此来抵挡张红旗。那摄影师，将摄像机当作了机关枪，端在手中，直面张红旗。可是，摄像机太重，摄像师又太胖，对峙了不大一会儿，摄像师便喘不上气来了。再说了，张红旗又岂肯轻易罢休？瞅了个空子，张红旗再次出击，猛蹿起来，直奔摄像师的双手，再落地时，摄像机已经砸落在地，镜头稀碎，机身磕在石头上，断作了两截。再看摄像师的手，血流如注，虎牙留下的咬痕清晰可见，这下子，摄像师再也不管导演了，转过身，撒腿跑远，留下导演，又一回被张红旗扑倒。那导演，怕脖子再被咬住，低着头，弯着腰，死命往张红旗、往假老虎的腰腹里钻进去。不料，张红旗却用两只前爪从后背处掀开他的衣服，再嚎叫着，一口咬在他的腰上。一个血窟窿，应声在腰上出现，疼得那导演，一手捂住伤，身体再次仰面倒下，赶紧用另一只手去撑住，没撑住，咔嚓一声，胳膊也断了。

该我出手了，献给厂长的不世之功，献给集团董事长的不世之功，不在他日，正在今朝，正在此时此刻——我一声令下，要队员们抢过导演，再背上身，哪怕死了，也要护住导演突出重围，只留下我和马忠来对付张红旗。队员们得令，都没给我丢脸，尤其冯海洋，背上导演之后，如履平地一般，跑远了，剩下的队员，各自手持砍柴刀和五股钢叉，跟着冯海洋和导演负责殿后，时刻提防张红旗突破我和马忠奔向他们。想要突破我们，并不那么容易，我和马忠，不等张红旗出手，率先出击，一个抱住他的头，一个拽住他的腿，死死将他按压在地。他躺在鹅卵石上，嚎叫着，动弹着，可就是逃脱不了我们，只能眼睁睁地看着冯海洋一行人钻进密林，朝着高高的山岗奔上去；只是，我和马忠，终究是好人，想破脑袋，也想不出张红旗会坏到什么地步：马忠刚想歇口气，手稍微一松，张红旗竟然虎口再开，对准马忠的眼睛咬了下去。只一口，马忠便撕心裂肺地大叫了起来，再不管他，而是用双手捂住眼睛，在鹅卵石上翻来滚去。现在，单凭我一人，还怎么能制得住张红旗呢？他先是回过身来，也想咬我的脖子，亏得我眼快，迅速闪躲过去，双手还是牢牢地抓住了那一身假老虎皮，不曾想，他却顺势倒在了我身上，再一翻身，这么一来，被死死压在地上的，变成我了。我一缩腰，蜷起双腿，再使出所有力气，朝他的肚子上蹬过去。他也闪躲开。就在他闪躲开的一瞬间，张红旗，假老虎，他或它，两只后腿，竟突然发力，踢向了我的两腿之间，顿时，我什么都顾不上了。我怀疑我的两个蛋已经被他踢碎了，魂飞魄散地，紧紧去攥住它们。还好，它们没有碎，都还在，可是，疼痛就像身边的河水，一浪高过一浪。我也只有像马忠一样，攥着两个蛋，叫喊着，翻滚着，再眼看着张红旗扔下我们，沿着冯海洋和导演逃窜的路，奔入密林，奔向山岗，一时跳过灌木丛，一时撞到野樱树，全然不似一只假老虎。

最后，还是马忠先起身，搀起了我，两个人，跌跌撞撞地，也往山岗上跑。我问马忠，眼睛怎么样了，他却不说话，咬着牙，撕碎了一件衣服将眼睛包扎紧。他一边包扎，我却一边能分明听清他把牙齿都快咬碎的声音："他要是醒过来了——"在一大片半人高的芒草地里狂奔了好半天，马忠像是想到了什么，猛然止步，再回头问我，"还是会下山告状，说我们连根老虎毛都没看见过吧？"

我想了想："一定会的。"

"……死活都不能让他下山，"马忠摸了摸还在渗血的眼睛，再看了看自己的两只手，"死活都不能让他下山，对吧？"

我重重地点头："死活都不能。"

正在这时，冯海洋手持着五股钢叉，跑进了芒草地里。我左看右看，只看见他一个人，那导演，还有别的队员，全都没跟着他跑进来。我一把拽住他，问他，剩下的人去了哪里。冯海洋知道自己犯了大错，几乎快给我跪下，一遍遍，连声说，张红旗真的成了精：原来，张红旗上山之后，没再大张旗鼓地追撵，而是偷偷上了树，再从一棵树上跳到另外一棵树上，既一路疾行，又悄悄盘踞，只等着队员们自投罗网。果然，他得逞了，队员们逃到了他盘踞的树下。就在冯海洋放下导演歇口气的时候，他闪电一般，从树上跳下，拖拽着导演就往前奔。队员们也没戾，就连肝病缠身的冯舰艇也怒了，挥着一把砍柴刀，对准张红旗便砍了下去。张红旗更是大怒，用那两只前爪，先是抢过冯舰艇的砍柴刀，最后，愣生生地，他将冯舰艇举起来，砸下了悬崖。众人全都惊叫着奔向悬崖边，去看冯舰艇怎么样了。幸亏，悬崖之下，是另外一条河，掉进河里之后，冯舰艇还有力气扑腾了好半天，最后，靠自己爬上了岸，只是如此一来，等悬崖上的众人转身，却发现张红旗和导演早就不见了。他们分头去找，又看见了张红旗，但是，张红旗像是也把导演给追丢了，但见他，钻金刚藤，闯蒺藜丛，东嗅嗅，西嗅嗅，像是只要这样就一定能把导演给重新找出来。为了不惊扰他，兄弟们便做了决定：不再理会他，而是蹑手蹑脚，自行分散开去，无论如何，先找到导演再说。

冯海洋正说着，我一抬眼，看见马忠的身体抖动了一下，刚要问他怎么了，他却用右眼的眼神向我示意着左前方。我心知肯定有事，镇定下来，也装作不在意地去看左前方：模模糊糊地，张红旗的影子闪现了出来，那身假老虎皮的黄褐色，混杂在枯萎掉的芒草里，几乎无法认清哪一片是芒草，哪一片是张红旗。好吧，我便故意再跟冯海洋搭话，那边厢，马忠却一把夺过冯海洋手里的五股钢叉，猛然发力，凭空投掷。那钢叉，携带着马忠一身的怒气，不偏不斜，穿过芒草，刺在了张红旗的身上。这下子，没有低吼，也没有咆哮，山林之间，回荡的只有张红旗的惨叫。他惨叫着，从芒草地里消失，而我和马忠也早已挪动身体，追了上去。追了没多久，我看见，地上扔着一支钢叉，也不知道是被谁弄丢的，但是，它在此时现身，来得真是刚刚好，我二话不说，拾起来，继续去追张红旗。追着追着，我和马忠，来到了一片榕树林里，而张红旗，拖着那支刺中了它的钢叉，就快要蹿出榕树林了。没有任何商量，我们两个，突然止步，再稍一对视，就像是说完了千言万语——马忠往东，我往西，分头去截住他，紧赶慢赶，我都快跑虚脱了，总算在榕树林西头的壕沟边看见了他，并且，一秒不停地，朝他投出去了手中的钢叉。没刺中。他再往东跑，马忠现身，捡起钢叉，继续投出去。这一回，张红旗又被刺中了，但是，他那一身疯魔，还没过劲，嘴巴里喊出的声音，又从惨叫变成了低吼和咆哮，再晃动着尾巴朝南跑。只要他朝南跑，一切就好办了。我和马忠都不再追了，停下来，喘着气，看着他一个趔趄，掉进了自己挖出来的陷阱里。

是的，张红旗掉进去的陷阱，其实是他自己挖出来的。想当初，陷阱挖好之后，他还不满意，又在陷阱里插上了好多木桩，再将木桩一根根削尖，看上去，就像一支支宝剑倒插在其中。那么，现在，他到底是死是活呢？我和马忠，瘫倒在地上，又喘了好一会儿气，这才慢腾腾走到陷阱边，只看了一眼，就恨不得赶紧闭上眼睛：一根木桩，不，是一支宝剑，穿透了张红旗的脖子。他被那宝剑牢牢定住，人已经晕了过去，从上到下，却都在抽搐不止，而脖子上的血，还在不断地涌出来。那些血，先是红的，流到木桩上，就变黑了。"哥……"虽说几分钟之前，马忠还恨不得把张红旗剁得粉碎，可是，张红旗真成了我们眼前的样子，马忠又变了个人，他一直想让自己的身体不再打战，但根本就忍不住，"哥……咱们咋办？"

反倒是我，哪里还有什么退路？干脆像个杀人惯犯，盯着张红旗看了一会儿，再吩咐马忠："你把他背下山，送医院，伤的是脖子，不是脑子，应该不会死。"

停了停，我又对他说："我还得接着找人，找不到人，厂里只怕就回不去了。"

"可是——"我真是没看错：瞬时间，马忠变回了从前的样子，变回了从来没上过山的样子，哆哆嗦嗦地，接着问我，"万一，他死在半路上了，咋办？"

"算我的。"一下子，我也暴怒了起来，像从前一样，一脚就将他踹倒在地上，"他要是死了，算我弄死的，行不行？"

"哥哎……"马忠的眼圈红了，仍然倒在地上，却连声叫着我，"哥哎……"

"去吧，赶紧送他下山，"见马忠如此，我的心也软了，去搀他起来，"你的眼睛，也该好好看一看了。"

结果，等马忠起了身，他却又想起了他早就问过我的那个问题："这狗日的，要是没事的话，再去告状，咱们咋办？"

"咋办？该他妈下岗的去下岗，该他妈切手的去切手，咋办？我知道该咋办？你问我，我他娘的去问谁？"不自禁地，我又暴怒了。但是，情形就是这个情形，马忠还是那个马忠，我也只好再一回软下声音来，凄凉地，说了几句我自己都不信的话，"一时半会，我估摸着，他醒不过来，真要是醒过来了，说不定，咱们也把真老虎给打着啦……"

满山的松树榉树苦楝树啊，还有满山的狐狸野猪猫头鹰啊，你们都是我的爹，我是你们的儿子，不，孙子，你们早就知道我的名字。是的，我还是那个刘丰收，但是，我得实话对你们说，现在的我，不再是那个几天之前的刘丰收了，而是变回了打虎队成立之前，第一回摸着黑上山的刘丰收：风吹过来，一根树枝在我背后拉扯住我，也足以让我吓个半死；一只猫头鹰站到我的肩膀上，更是让我原地起跳，头皮发麻得快要跪在地上；更别说入夜之后，密林里漂浮着的那些小红点，它们不是别的，我知道，它们都是狐狸，是这么长时间以来，被我和众兄弟杀掉的狐狸们从地府里还魂回来，找我索命来了。好吧，我要向你们承认，几天下来，那导演还没找到，而我，却跟马忠一样，因为越来越怕，越来越怕，终于被打回原形，变成了当初打虎队还没成立之前的那个厌货刘丰收。厂里却传来了消息，就跟我对马忠说过的一样：如果这辈子都找不到那导演，那么，我们这辈子也就不用再下山了——是啊，这几天里，除了我的兄弟们，厂里也往山上派来了好几百号人，通宵达旦，跟我们一起找，所以，山下的消息也在不断传上山来。比如，张红旗还是没有死，不过，那根木桩，不但穿透了他的脖子，还伤到了他的脑神经，最后的情形，还是跟我对马忠说的一样，一时半会儿，他是醒不过来了；又比如，马忠的左眼,算是瞎了,昨天下午,他已经做了眼球摘除的手术;还比如,在外出差的厂长,正在赶回来的途中,据说,一回厂子,他便要宣布,打虎队就地解散,所有队员即刻下岗。听到最后一个消息的时候,山上正在下大雨,我在雨幕里赶路,恰好看见,一道闪电,直直落下,劈打着我们之前过夜的窝棚。明明离我还远得很,而我,却像是被击中了,眼前一黑,晕倒了过去。

第十一章

好吧，水落石出的时刻，到了。整整一周以后，山上的搜救还在继续，更多的人被命令下山，集中到厂剧院开会。我们的打虎队，当然也在其中。和前几次开会都坐在前三排已经完全不一样，这一次，我被安排在了最后一排，我老婆，林小莉，就坐在我旁边。她当然知道，今天的会场，对我来说，就是一座断头台，入场时，再没了之前的活泛劲儿。之前，自从我当上了打虎队队长，她是多么活泛啊：就算见到厂领导的夫人们，她也敢凑上去搭话，夸人家的眉文得好，夸人家的衣服包包买得好，如此种种，不一而足。可今天呢？早在入场的时候，她就变了：眼看着一帮娘儿们聚在剧院门口叽叽喳喳，她赶紧跑进人群，低下头去，躲在别人背后往前走，自始至终，都没让那帮娘儿们发现自己。事实上，今天的会议，其实只有一件事，那就是，厂长要宣布，打虎队就此解散，所有的队员即刻下岗。但是，可能是因为，厂长实在是太愤怒了，会议拖得很长，打虎队里的每个人，都被他点着名字骂了一遍。他说，他被刘丰收这个王八蛋给骗了，全厂的人都被刘丰收给骗了；他又说，这镇虎山上压根就没有老虎，就算有老虎，也早就跑掉了，之所以还找不到那导演，多半是他被困在了什么地方，山上不缺吃的，天天找，月月找，就一定能找到他。此时，剧院外的天空里，又炸起了响雷，这响雷，不断将厂长的声音盖住，厂长越发愤怒，站起身，将话筒狠狠砸在台下，紧接着，几乎歇斯底里，扯着嗓子问："你们告诉我，老虎在哪里？"停了停，又喊一遍，"你们告诉我，老虎在哪里？"

"怎么可能没老虎呢？"之前，林小莉一直盯着窗户，看向远处的镇虎山，听见厂长扯着嗓子呵斥众人，她像是一下子受了寒，打了个战，问我："你说，这山上，怎么可能没老虎？"可惜的是，她的问题，我根本答不出，只是一个劲地低着头，又借着低头去东张西望，想找见打虎队的兄弟们。反复几次，一个个的，都被我找见了。他们分散在偌大的剧院里，就像一朵朵漂在山中池塘里的睡莲，漂到哪里算哪里。绝大多数时候，它们也漂不动，生在哪里，就会死在哪里。"如果没有老虎，"林小莉继续问我，"那个老疯子，他去哪儿了？"她问我，我又能问谁？我巴不得，满山都是老虎，满世界都是老虎。这么想着，我的眼前，突然间，就有了幻觉：剧院里坐满了老虎，台下的人，是老虎，台上的人，也是老虎，尤其戴着红色安全帽的厂长。说话间，他便要现出虎身，从台上蹿到台下，见一个，咬死一个了。"如果没有老虎，"林小莉还在问我，"那个被派来改制的小伙子，他去哪儿了？"说来也怪，不知道怎么了，我的脑子，像是不在了，像是长在林小莉的身上了。一开始，我明明没怎么好好去听她说话，她问多了，我也跟她一样，魔怔了，跟她一样，在心底里，问厂长，问所有人："林小莉说得对啊，要是没有老虎，那个老疯子，去哪儿了？还有，那个被派来改制的小伙子，去哪儿了？"

会议还在继续。厂长命令厂办秘书正式宣读下岗人员名单,不用说,第一个,就是我,刘丰收。接下来,王义,李好运,冯海洋,冯舰艇,就连杜向东和张红旗,也都在其中,名字一个个念出来。林小莉又问我了:"如果没有老虎,那个导演,他去哪儿了?"真是鬼使神差,林小莉的话像火,烧着了我,又像两只手,在推着我起身。我便不再忍了,腾地站起来,众目睽睽之下,冲着厂长,大声喊起来:"我问你,如果没有老虎,那个导演,他去哪儿了?"

厂长显然没想到,我竟然有胆子站起来,还敢问他的话。他应该是想怒斥我几句的,身体动了动,最终,没有说话。我和他,隔得太远了,一如既往地,我还是没能认清楚,他到底长着一副什么样子。

不用说,最后的结果,是会议尚未结束,我和林小莉,就被一大堆保安架着赶着,撵出了会场。出了会场,林小莉还在魔怔着,一遍遍地,问着我,问着她自己,也在问着不远处的高炉和远处的镇虎山:山上怎么可能没有老虎?问着问着,她渐渐走远了,也不知道,她要走到哪里去。反倒是我,逐渐清醒了过来:原来,我下岗了。可是,我怎么能够下岗呢?接下来，我没有哭，也没有闹，安安静静，守在剧院门口，等着会议散场，想再跟厂长说几句话。我也不知道自己要跟他说什么，可我就是想跟他再说上几句。结果，我还是想多了，等到会议散场，"红色安全帽"刚刚出现在人群里，我便发足狂奔，冲上前去。没想到，保安也冲了出来，早早将我拦下，再一回，架着赶着，将我撵走。等到厂长走远，他们又追过来揍我。揍我的人，除了保安们，还有别的人，只有一两个我能认出来。他们是当初巡逻队里的人，可是，剩下的人，为什么也要揍我？我还在呆愣着，却被人一脚踹翻，倒在了厂部大楼门口的金鱼池里，也没有力气站起来，只能仰面躺着，漂到哪里算哪里。就算金鱼游进了我的嘴巴，我也只能由着它们，它们想怎么样，那就怎么样吧。

晚上，我一个人，喝了不少酒，喝醉了之后，我还是一个人，翻窗户，跳进了那家废弃的新华书店，像从前一样，我点亮打火机，一排排书架找过去。书架上，仍是那些书：《动物百科画册》《卡耐基领导学大典》《山林探秘》《末位淘汰管理法则》，最后，还有写给小孩子看的拼音版《老虎的故事》。每隔一会儿,一台智能学习机,仍然会在柜台里冷不丁地叫喊起来:"恭喜你,小朋友,你的最终得分是一百分!"没来由地,我就哭了,一边哭,我一边掏出打火机,开始烧书。没过多久,一小堆火变成了一大堆火。这火又蔓延开去,将书架吞掉,将智能学习机也吞掉。眼看着,一场火灾已经无法避免,我才又翻窗户离开。来到街上,照旧不知道去哪里。我朝远处的台球厅里张望,并没看见我儿子,这才想起,我应该去医院里,去看看马忠和张红旗。深一脚,浅一脚,醉醺醺地,我来到了医院。隔着病房门上的一小块玻璃,我看见,马忠睡着了,叹了口气,没打扰他,上了三楼,来到了张红旗的房间。对张红旗,我就没那么客气了,反正,他现在,和一个活死人也差不多,睡着了还是没睡着,都算是睡着了。天上的月亮很大,很好,照得病房里透亮。站在张红旗身边,我一时有些错乱,弄不清楚我究竟还在不在镇虎山上。好在是,他满脑子满脖子都缠着绷带,我也渐渐明白,那镇虎山,那打虎队,已成黄粱一梦。我不甘心,对张红旗嘿嘿地笑,再叫他起来,跟我一起,去打老虎:"别装啦,车间主任级别,等着你,等着我呢!"他却没有任何反应,我干脆唱戏给他听:"老天何苦困英雄,叹豪杰不如蒿蓬。不承望奋云程九万里,只落得沸尘海数千重……"他还是没有反应。最后,没招了,我一眼看见,那身假老虎皮,还堆在墙角里。一不做,二不休,我干脆穿上了它,再跳上病床边的凳子,又跳下去,一边跳,一边还不忘继续提醒他:"别装啦,车间主任级别,等着你,等着我呢!"

十二点都过了,我的酒,也慢慢醒了,最终,我脱下假老虎皮,拎在手里,回了家。林小莉早已上床,家里一片漆黑,我摸着黑,躺在了林小莉边上,知趣地,和她之间留了一指宽的距离。林小莉却没睡着,吩咐我,把床头柜上的中药给喝了。我不明白,她为什么突然要我吃中药,她却让我什么都别管,喝下去就行了。我只好听她的话,欠起身,将一大碗中药汩汩喝完,再重新躺下;过了一会儿,大事不好,我的下面,愣生生地硬了起来,榆木棒子一般地硬。我又不敢朝林小莉那边靠过去,只好来回翻身,强摁住下面,越摁,它就越硬。这时候,林小莉说话了:"有反应了?"我只好答她:"……有反应了。""那好——"林小莉拽着我的手,再伸向她,"来吧。"我这才发现,她早就把自己脱光了。到了这个地步,我也就不再藏着掖着了,只因为,天可怜见,既藏不住,也掖不住。于是,我亮出下面,翻身上马,一鼓作气,再而不衰,而且越来越好。"怎么可能没老虎?"高潮快来的时候,林小莉战栗着喊出声来,"一定有老虎!"见我没有回应,只是猛打猛冲,她便一把抓住我的头发,像是命令一般,对我说:"跟我一起喊,一定有老虎!"到这时,就跟白天里在会场上一样,我的脑子,又不在了,又长到林小莉身上去了,一边发起最后的冲锋,我一边跟着她一起喊出声来:"一定有老虎!一定有老虎!"喊了好几遍,我射了出来。战斗终于结束,我躺在林小莉身上,从上到下,仍在止不住地抽搐。

这一晚,我们几乎就没真正歇下来过,一次完了,接着再来下一次。到了这时候,我也早就明白了,林小莉让我喝下的,是她找人专门配来的壮阳药。可是,即使我还硬着,身体却没了丝毫力气。为了让我重新投入战斗,林小莉开了灯,赤裸着下床,叮叮哐哐地,翻找了好半天,总算找出了我自下山以来就偷偷藏起来了的红色安全帽。她二话不说，将我拽下床，让我戴上它，再跟我并排站好，两个人，对着穿衣镜，一起去看镜子里的我们。其实，是在看那顶红色安全帽，看了一会儿，她转过身去，趴在床沿上，把后背和屁股对准我："你就把我当成山上的老虎，"也不知是怎么了，她竟然带着哭腔，"朝死里干，干死我！"我能怎么办呢？我也只好强撑着，继续磨蹭到她的身后去。也是怪了，这一次，却比前几次的时间还要更长。戴上红色安全帽，我也像是又回到了镇虎山上：上绝壁，下壕沟，翻山过河，虎虎生风，一切都不在话下。这一回结束时，天边已经有了鱼肚白，尽管头重脚轻，我也知道，该出发了，再一回上山打虎的时刻，到了。

我穿好衣服，身体虚弱得差点摔倒，林小莉赶紧扶住我，再将背袋和五股钢叉交给我。最后，临出门时，见我还是上气不接下气，她叫我等她一会儿。我扶着门框，喘了好一阵子，她才从厨房里又端出一碗壮阳药来，再递给我，意思是，喝了它，就又有力气了。我不想喝，也喝不下。"你就把山上的老虎当成我，"她咬牙切齿地叮嘱我，"朝死里干，干死它！"

最后，我也只好当着她的面，将那碗药喝得一滴也没剩下，再回答她："……好。"

没想到的是，一上山，我就碰见了我儿子。在一片半人高的野蓖麻地里，我猫着腰，往前搜索，突然发现，前方有异动。我屏住呼吸，匍匐在地，一寸寸往前挪动，终于到了目的地，一抬头，却看见了我儿子。他的肩膀上，还扛着那支他找人在车床上做出来的长枪，长枪上连瞄准镜都安上了。再仔细看，那瞄准镜，做得是真正不赖：狙丝，凸透镜，小凹透镜，一样都没缺。我急了，一骨碌从地上爬起来，夺过长枪，呵斥他，一整夜都不回家，在这山上晃荡什么？他也明白告诉我，跟我当初一样，他正在打天下。我继续呵斥他：打天下，有我，你为什么也要跟着起哄？万一要是碰见老虎，有什么闪失的话，你可怎么办？我跟你妈，可怎么办？我儿子，又曾哪一天把我的话当回事过？他冷笑了一声，问我："你的天下，打下来了吗？"然后，他迅速出手，再从我手里把枪抢回去，接着问我，"别说打天下，打不着老虎，你还回得去吗？我还回得去吗？"说完，他迈步要走，我慌忙挡住，却不是他的对手。他单手一推,我就倒在了地上,眼睁睁看着他消失在了几棵樟树背后。

这山上,一拨一拨的人,其实还有很多,他们全都是厂里各个车间派出来找那导演的。来的日子久了,既没找到导演,也没遇见过老虎,一拨拨的,也都疲了。有的队伍坐在大树底下的荫凉里斗地主,有的则像从前的我和众兄弟一样,剥了野兔皮和松鼠皮,煮起了野味汤。我路过时,要是被他们发现了,就得被他们叫唤过去,陪着他们斗地主,输钱,要么就是乖乖给他们生火煮汤。我也只能听话,按他们吩咐的去做,否则,少不得就有一顿暴揍在等着我。要知道,我已经不是那个打虎队队长刘丰收了。现在的我,哪怕输了钱,他们骂我白痴,骂我夃货,我也得赔着笑,就像当初,哪怕我年过四十,身在下岗分流名单之列,也得死命地坐在台下鼓掌。可即便这样,一顿暴揍,还是在等着我——轧钢车间的一个副班长,吩咐我,天黑之前,不管怎么样,也得给他抓只果子狸回来。平日里,这压根不是什么事情,偏偏今天,满山的果子狸都在跟我作对,一只都不肯现身。不用说,夜幕下,当我空手而归,那本来就输了不少钱的大哥，更不高兴了，站在河边，劈头给了我一嘴巴，再把我推倒在河里，掉头就走了。

一入水中，我的脑袋，就磕在了石头上，似晕非晕，四肢都无法动弹，只好随着河水往前漂流。幸亏林小莉配给我喝下的那些药，整整一天，都让我硬着，全身上下，没有一处不是毛糙糙热烘烘的。现在，河水一激，五脏六腑反倒变得更加燥热，我的下面，比无意中碰上去的石头都还要硬。这硬，这燥热，一直让我没有彻底晕过去。我知道，就这么漂下去，我迟早都要被淹死，所以，我开始大声呼救。没料到，刚刚才呼救了三两声，一个人影就从密林里闪身出来，奔向河边，把我拉拽到了岸上。刚一回到岸上，看清楚了对方，对方也看清楚了我，两个人，都愣住了，原来，救了我命的，是我的师弟马忠。可是，他不是还应该躺在医院里的吗？不管怎么说，我们师兄弟二人，此时在山中重逢，禁不住地，都有些激动难忍。我先对他笑起来，他也对我笑，但是，他的笑，恐怖得很，就像鬼在笑一样。我觉得不对劲，挨他更近点，这才看清，他的脸上，除了左眼的眼窝凹陷下去之外，整个左脸，全是疤痕，一条条的，像趴着好几只蜈蚣。"咋回事？"我问他，"脸上这是怎么了？"

"摘眼球的时候，面神经也受伤了，"马忠回答得倒是痛快，还拿手比画着左脸，"这半边，不会笑了。"

突然间，我想起一件事，一把抓紧他："你的眼球摘了，脸也坏了，这还不算工伤吗？大老刘切了手都算工伤，他儿子能接班，你儿子也能接班——"

"不算工伤。"马忠盯着河水里自己的倒影去看，"今天一拆线，我就去厂里找领导了。他们回话说，除非我能把老虎找着，找着了，算工伤，找不着，还是骗子。"

停了停，他问我："这山上，一定是有老虎的吧？"

"一定有，"我再也忍不住，哭出了声，"咱哥俩，一起找。"

"……不了，"马忠想了想，却摇起了头，"咱们还是分头找吧，你找你的，我找我的。"

"马忠，你咋啦？"我一急，攥紧了他的手，"你连你哥都信不过了？"

马忠笑了，还是像鬼在笑："只能信老虎啊，哥，在这山上，老虎才是哥。"

最后，我只能站在河水边，看着马忠离我而去，一步步走远，不禁悲从中来。又听见不远处，有人在围着野味汤划拳喝酒，那动静，大得就算有老虎路过，只怕也会远远避开。一时之间，我恶向胆边生，下定了决心：非要吓唬吓唬这帮狗日的不可。于是，我穿上了假老虎皮，在地上爬行了几步，又对着天上的月亮长啸了几声。但是，该划拳的还在划拳，该喝酒的还在喝酒，没有人在乎我。既然如此，我也不打算放过这帮狗娘养的了：就像过电影一般，我的脑子里，反复过了好几遍张红旗吃完见手青之后的表情和动作，终于心里有数了，这才猛地后退，全身发力，腾空而起，飞过了河。稳稳落地之后，我呜咽着，脚踩着鹅卵石，一溜烟地，向着那帮狗日的所在之地狂奔。一路上，我直挺挺，紧绷绷，或跳，或飞，或止步，或在止步之后暴起冲刺，一样都没落下。还是多亏了林小莉给我配的药，最终，等我在那帮狗日的生起的火堆附近站定，竟一点都不觉得累，连口气都没喘。可是，可是，事到临头，我还是尿了,恨是恨得牙痒痒,尿也是尿得牙痒痒,在一棵栗子树下的阴影里,我埋伏了好久,愣是没敢冲出去。那根一直都在摇晃的虎尾,渐渐地,软了下去。

第十二章

我的老虎哥，我的老虎爹，我的老虎祖宗，你我兄弟一场，不不不，是儿孙一场，我想问问你，我落到这个地步，人不人，鬼不鬼，你要是看到了，忍心吗？我到底做错了什么，让你就是不肯出来见我一面？是的，今天晚上，我又喝多了，喝多之后，药性发作，我的整个身体，都活成了我的下面，硬邦邦的，站也不是，坐也不是。后来，我忽然想起，我过夜的地方，其实离剧团里搬上山的那面大鼓不远。于是，便借着酒劲儿，跌跌撞撞地，爬上山顶，来到了大鼓边。刚刚站定，就撸起袖子，敲起了鼓，鼓声扩散开去，引得在各个山头上过夜的破烂玩意儿们纷纷扯起嗓子骂我。我也仍不在乎，他们越骂，我就敲得越响，反正黑灯瞎火，山头与山头又离得远，他们能奈我何？再说了，我的哥哎，这些王八蛋，算是哪根葱？在这镇虎山上，只有咱们兄弟，才能算作主人，你说对不对？不对，你才是主人，我顶多只能算半个！得罪了得罪了，哥哎，我又妄言了，但是对那帮破烂玩意儿，我可真没客气，甚至拼了命一般，吼着唱着，死活也不能让他们安安生生睡大觉："老天何苦困英雄，叹豪杰不如蒿蓬。不承望奋云程九万里，只落得沸尘海数千重。俺武松呵，好一似浪迹浮踪，也曾遭鱼虾弄——"尤其后面那几句，被我来回地唱，反复地唱："俺武松呵，好一似浪迹浮踪，也曾遭鱼虾弄……"一唱起来，我就字字咬得清楚，句句唱得含恨。如果不是突然想起来，我儿子可能正在哪座山头上睡觉，我师弟，马忠，也可能在哪座山头上睡觉，我他娘的，非唱下去不可，唱一夜，唱一辈子，唱到死。

哥哎，你兄弟我，一喝酒，话就多，你大人大量，多担待则个，还是那句老话，谁叫咱俩是兄弟，谁叫咱俩都是这世上的可怜人呢？酒喝到这个地步，我干脆，跟你说个秘密吧：

秘密是，我很想你，实际上是，我是很想赶紧的，现在，马上，立刻，杀死你。其实我也知道，我的这点小心思，瞒不住你，你是什么人？百兽之王，山登绝顶你为峰！可是，你自己说说，你自己说说，不杀死你，我还有路走吗？林小莉还有路走吗？我儿子，还有路走吗？直说了吧，再不杀死你，我都快要变成真老虎啦——再一回上山找你，不，杀你，到今天已经半个月了，和从前完全不一样。这一回，每一天我都是掰着指头数过来的，才第三天下午，大雨刚停，就有一群狐狸围攻了我：当时，我正在过吊桥，刚走到桥尾，狐狸们，密密麻麻的狐狸们，从竹林里跑出来，堵住了我。那一个个，脸上的表情，说不出的怪异，怎么说呢？远不如狼脸上的阴沉，反倒像是刚睡醒的婴儿。是婴儿不假，随时又都可能翻脸，哭，闹，打翻奶瓶。我知道，这一劫很难逃过，慌死了，也怕死了，心脏一直都在猛跳，心率起码达到了一百八以上，怎么办？我该怎么办？要是我掉头往回跑，被狐狸们看见我的败象，齐刷刷追过来，再齐刷刷地咬我，我还有命剩下吗？最后，我决定，硬闯过去。于是，我从背袋里掏出两支火把来，点燃了，深吸一口气，闭上眼睛，挥舞着火把，疯狂地往前跑，哪怕我的胳膊，我的右腿，都被它们咬着了，我也不敢睁开眼睛，只因为，我怕我一看见它们，就会被当场吓傻。哥哎，你猜怎么着？我猜，一定是你保佑了我：冲出狐群没多久，才三两步，我的眼睛，就被一根树枝刮上，火辣辣地疼，只好睁开，这才看见，眼前就是一棵大树，树冠也够宽，足够我容身，那么，还等什么呢？什么都不等了，我抱紧了树干，向上攀爬，噌噌地，将狐狸们甩在了地上，躲进树冠，再也不肯现身。那些狐狸们，当然也不愿意就这么放过我，一直围在树下，寸步不离。但是，它们低估了我的耐心，哪怕饿死在树上，我也不会下去。如此，几乎快到后半夜，狐狸们总算明白，它们拗不过我了，这才怪叫着，磨着牙，四散离开。

没想到，第二天晚上，它们又盯上我了。这一晚，为了避开人，我故意选在一座悬崖上过夜。半夜里，狐狸的怪叫声又将我的窝棚包围了。当时的情形是，我只要敢出窝棚，就必将遭受它们的复合型攻击。但是就算不出去，它们迟早也会攻进窝棚里来。最后，还是那身假老虎皮救了我：退无可退，我穿上了它，稍微平复了一会儿，屈身伏地，像起跑前的运动员，调整肩，调整腿，终于找到了最好的起跑姿势。说话间，我便要冲杀出去，可转念一想，动不动就大发虎威，岂不正好说明了我的虚张声势？罢了罢了，我放弃了像运动员一样起跑，而是像个元帅，至少像个大将，慢腾腾地，踱着步，出了营帐。话说不出营帐还则罢了，一出营帐，一股肃杀之气，便因我而起，直扑了山林树木，直扑了芒草和各种花朵。当然，也直扑了狐狸们，令它们狐疑，令它们原地打转，想逃跑，又对眼前之事难以置信。而我，憋得住，也端得住，自始至终，不发一声，按照出营帐之前想好的剧本，按照张红旗的表情和动作，我装作不经意地，顺风顺水地，跃上了窝棚边上的红石岩。狐狸们还以为我是要对它们下手了，一只只，慌忙转身，又是怪叫着，磨着牙，四散离开。

打这天开始，除了下山回厂，我就再没脱下过那身假老虎皮了。前几天的日子很不好过，我既不愿意脱下假老虎皮，又得时刻提防每天还在山上斗地主煮野味汤的那帮破烂玩意儿，他们要是把我当成了真老虎，围捕我，猎杀我，这该如何是好？好在是，又过了两天，厂里传来命令，让那帮破烂玩意儿悉数下山，原因是，几天之内，风云突变，收购了我们厂子的那家特钢集团，转手又把我们的厂子卖给了别人，戴红色安全帽的厂长已经下课走人。现在，新老板派来了新厂长，新厂长要求，对那导演的搜救即刻停止，所有人回到工作岗位，按照新定位和新规划，抓生产，促增效。同时，前任老板定下的下岗名单，仍然有效，接下来，好几轮的下岗分流，还将依次进行。这下子，才半天工夫，山上的那帮破烂玩意儿，有一个算一个，全都像丧家之犬，奔的奔，跑的跑，生怕晚了一步，滚下了山去。一整座镇虎山，总算又清静了下来。我也想过，是不是也马上下山，去找新厂长申诉：老虎虽然没打到，但是，这么长时间以来，打虎队的队员们，伤并没少受，血也没少流，糊里糊涂，我们就这么下了岗，这世上，还有天理吗？可是，在张红旗掉进陷阱的那片榕树林里，我碰到了马忠，还劝他，跟我一起下山申诉，马忠却像鬼一般地笑着，反问我："折腾这些……有用吗？"

我自然也没把握："不折腾，咋办呢？"

"算啦,还是折腾老虎吧——"马忠从前并不抽烟,现在却是一根接一根,脚踩着满地的烟蒂,他说,"大老板换了,厂长也换了,就这么几天工夫,没人在乎老虎啦。"

我心有不甘:"那咱们就这么等死?"

马忠再笑,左脸上的那几条蜈蚣爬动起来:"只有先跟老虎说上话,咱们才能跟领导说上话。找不到老虎,这一篇,就算翻过去了。找到了老虎,新老板,新厂长,才有可能叫咱们回去,找不到的话,咱们就等死。"

"别人都可以把老虎忘了,唯独咱们不能忘,"顿了顿,马忠继续去狠狠地踩地上的烟头,"一句话,找到老虎,咱们就是人,找不到老虎,咱们就不是人。"

显然,今日之马忠,早已非昨日之马忠,就这几句话,哪像是他能说出来的?那分明就是在世诸葛亮说出来的,我忍不住问他:"这都是你自己琢磨出来的?"

马忠又在笑,他脸上的蜈蚣又在爬,随后,他指着自己左眼的眼窝,还有那些蜈蚣,告诉我:"是它们……它们琢磨出来的。"

说罢，马忠转身要走，我在背后叫住他，再问他："兄弟，咱俩，是不是就别分开了，两个人一起，碰到老虎了，也好有个帮手，不好吗？"

"不了，哥，"马忠没回头，沉默了一小会儿，"……我也想立个头功。"

马忠走了，不知道去哪里了。可能是被他的话戳到了，我一想到，眼下这日子，究竟什么时候才是个头，全身上下，就觉得累，无一处不累。林小莉给我配的药，也过了劲儿，我的下面，总算软了下去。在榕树林里，连窝棚都没搭，我席地躺下，想睡上一觉。可天意弄人，我明明疲得要命，困得要命，却横竖睡不着。事实上，自打吃了那药上山，我就没怎么睡着过，最后，没别的法子，我还是穿上了那身假老虎皮。怪得很，穿上没多久，我就睡着了，而且，睡得又香又沉。等我醒过来，太阳都在落山，我还是不愿意起身。是的，身着老虎皮，把自己当成一只真老虎，多好啊：哪怕睡着了，百兽之中，剩下的九十九种，都要绕道而行，不用开会，不用鼓掌，要多清净自在，就多清净自在；当我告诉自己，我就是一只真老虎，我的五官，尤其是我的鼻子，没来由地，变得比刘丰收的鼻子要灵敏得多，它甚至可以闻见河水的香气，那河水，常年流经栀子树和野樱树，流经桂花树和合欢树，自然是有香气的，只不过，从前，它们都被我错过了；还有，怎么说呢，身为一只真老虎，我一直想哭，只因为，再看这山中，简直无一处不好——山是好的，它藏猛兽，也藏蟑螂和蜥蜴；密林是好的，它容得下歪脖子的枫杨树，也长着剑戟一样的云杉树；就连芒草丛，也是好的，它的叶子，给食草动物吃，它的草籽，给鸟雀们吃。总归是，这一样一样，都在活，都在长，只要它们在活在长，我难道不该为它们大哭一场吗？当然了，说到底，这世上最好的，还是我这一身假老虎皮：一穿上它，全世界都不在了，起高楼是别人在起高楼，楼塌了是别人的楼塌了。反正，生老病死，爱憎会，怨别离，等等等等，跟我全没关系，就让别人好好活吧，我只睡觉，睡到老，睡到死。

所以，当太阳完全落山，我也不得不脱下假老虎皮的时候，我的心，疼得要命：为什么非要下山回厂？为什么非要做回那个刘丰收？但是，我更知道，肉骨凡胎，总要活在人间。

我是林小莉的丈夫，我是我儿子的爹，我饿了，得下山增加补给，我也累了，还得回去喝林小莉给我配的药。下山的路上，我越来越觉得累，翻过一座山头，就要坐下来歇上一会儿，路过一条河时，我用河水洗把脸，看见河水里的自己，已是满头白发，而我终须继续往前走。到了家，天刚擦黑，厂区的路灯都亮了。我刚要推开家门，门开了，出来的人，竟然是我儿子，双手还拄着拐。我一惊，连声问他怎么了。这才知道，那天，在山上，他刚跟我分开，左腿就被毒蛇给咬了。幸亏，那地方离厂区并不算太远，就赶紧下了山，腿脚都保住了，每三天去中医诊所里换一次药即可。我要搀他去诊所，他却还是单手一推，我又差点摔倒在地上，只好打住，看着他一瘸一拐走远了。

屋子里，没有林小莉的人影，左等右等，也没等到她回来。我实在太饿了，就出了家门，打算去找个小吃店，再喝上两杯。结果，没走几步，迎面就碰上了披头散发的林小莉。她的白裙子上也沾满了泥巴，这里一块，那里一块。林小莉怎么会变成这个样子？她可打小就是文艺骨干，哪怕一直没有厂里的正式编制，这二十多年都在厂里做零工。可不管是在游乐园卖票，还是在厂医院当护工，哪怕最没法子的时候，她进车间里去帮人清理锭坯上的裂纹和结疤。这二十多年，哪天早上起来，她不得花上个把小时来收拾自己打扮自己？再看她，游魂一样，目光涣散，手里还拎着块半人高的破破烂烂的纸盒板，自顾自朝前走。听见我叫她，她停下，看着我，就像是没认出来我。我慌忙接着叫她的名字，再去看她手里的纸盒板。那纸盒板上，竟然歪歪扭扭，写着八个字：老虎吃人，严惩老虎。然后，是三个大大的感叹号。终于，她的梦游结束了，身体一震，一把抓住我，问我："怎么样，老虎，打着了吗？"

我不敢去看她，低着头："没打到……"

"我还就不信了，你这辈子都打不着它——"她又一下子给我打起气来，"别耷拉着个脸，咱不能叫别人看笑话。"

想了想，她又一捋头发，接着说："真要是被你打着了，我还就不信，李好运的姐夫，那个保卫科科长，不再老老实实喊我一声嫂子。"

她捋头发的时候，我才看清楚，她的脸上、胳膊上，都有淤青，再看她裙子上的泥巴，大概便猜出了是怎么回事情。问她："哪个狗娘养的，打你了？"

"打我是应该的！"她痛快地回答，"不打我，老虎就被他们忘掉了，他们越是打我，动静才越大！"

"你这是……上访去了？"我指着她手中的那块纸盒板，问她。

"他们说我不叫上访，叫闹访，可是，不闹咋办？"林小莉反问我，"我也只想找新厂长反映情况，告诉他，山上的老虎还在。可他们不让我见他，连厂部大楼的门都进不去。这才几天，他们就都把老虎给忘了，我不闹，咋办？"

我再说不出话来，接过林小莉手里的纸盒板，挽着她，两个人，一起回家。路过一家美容店的门口时，林小莉止住脚步，要我等她一会儿，她要去店里退卡。原来，当她还是打虎队队长夫人的时候，在这店里，她也办了一张美容卡，自从我失势，人家就没再让她进门，钱也没退给她。现在，她把什么都想穿了，脸也不要了，今天，要是不退钱给她，她冒死也要把这店给砸了。见她如此坚决，我便让她进去，自己站在门口等她。可是，她才刚进去，转身又跑了出来。我问她，钱要回来了没有，她摇摇头，就要往前奔。我想了想，回头，凑在玻璃门上往店里看。这才看见，店里的美容椅上，躺着一排领导夫人。这些人，在我当打虎队队长的时候，林小莉都还能搭上话，现在自然就不可能了。说到底，当着她们的面，林小莉还是舍不下她的那张脸。见她又像个游魂一样往前走，我的鼻子酸了，尽管腰酸背痛，我还是跑起来，再在她的背后喊："赶紧给我煮药——"她回头，没明白我的话，我便又补了一句，"我要喝药，连夜上山！"

回到家，林小莉听我的，一刻没停，给我煮好了药，看着我一口气喝下，解下围裙，去脱衣服，又跟我说："我先去等你。""不了，"我一把拉住她，告诉她，"不用了，就这样吧。"说完，我放下药碗，将那些没喝完的药包，一一收入背袋中，再拎着假老虎皮，出门了。一出门，恰好碰到暴雨当空而下，闪电一道一道，击打在我头顶的电线杆上，吱吱冒烟。黑黢黢的镇虎山不时被闪电照亮，就像一头盘古开天时就盘踞在这里的巨大怪物，所有的山口，都是它的血盆大口，时间一到，魔咒显灵，它便要吞掉可以吞掉的一切。但是，它低估了我，明知山有虎，偏向虎山行，明知山有虎，再向虎山行。只因为，我也是老虎：在厂门口，我穿上了我的老虎皮，屈身，伏地，用嘴巴叼住背袋，再抓牢地面，伴随着新一道闪电落下，我长啸一声，向前冲出。我的老虎哥哎，我又来啦，而且，心底里，我对自己说了一万遍了：这一回上山，打不着你，杀不死你，我就不再下山啦——你看，自我一跃上山，就故意没走平日里的小道，而是哪里坑洼多，就偏偏走哪里。不，是跑，我一直都在跑，在飞奔。第一座山谷前，我眼睛都不眨一下，直直坠落下去，半空里又拽住金刚藤托底，稳稳地，落在了谷底。你倒是说说，和你相比，我有什么地方落了下风？你再看，半山腰里，我又撞见了那群狐狸。我知道，它们是闻着我的味儿来的，它们错了，我的味儿，是老虎味儿，不是刘丰收的味儿，所以，我再没对它们客气，直向为首的扑去。对方根本没有闪躲的可能，被我压在身下。它刚要咬我，我则先行躲开，一把举起它，狠狠砸向身边的巨石。顿时，石头上，别的狐狸身上，全都溅满了它的血。你再说说，和你相比，我可曾差了你一丝半毫？来吧，我的老虎哥哎，求求你，现身吧，就让我们，两只老虎，开始自相残杀吧，就让我们，两只老虎，杀得个，不是你死，就是我亡吧。

第十三章

捕虎简易教程之一：选择一处狭长地带，在它上方，植被们伸展出来的枝丫上，拴牢渔网，渔网紧绷，被一根铁丝拉扯住。然后，在整个狭长地带的植被上喷洒香水，因为香水里含有香猫酮，这东西对老虎具备天然的吸引力，老虎要是闻到，一定会不要命地前来。触动铁丝，渔网瞬间落下，将老虎罩住，这样，它就算再凶再猛，也照样插翅难逃。捕虎简易教程之二：密林中的潮湿之地，更多是在近水处，长有一种草，名叫积雪草，又名连线草和马蹄草，此草天然具有消炎和镇痛作用。老虎被毒虫叮咬，皮肤溃烂之后，尤喜在成片的积雪草上打滚，以此来让溃烂的伤口早日弥合。如果在大片积雪草之下挖出陷阱，老虎翻滚时，则极有可能堕入陷阱，只好束手就擒。捕虎简易教程之三：另有一种植物，名叫猫薄荷，属荆芥的一种，看上去，只是普通薄荷，却富含荆芥内酯，猫科动物只要闻到它，多半都会发癫发狂，其情形，就如瘾君子服下了致幻药。如果将猫薄荷栽种到提前布好的机关陷阱附近，野猫们就不用说了，就连老虎和花豹这样的大型动物，也会失去神志，被机关陷阱所捕获——以上种种，自打虎队成立，我就跟队员们说过，一定要按照这些教程上说的，样样都做到。但显然，连同我在内，一样都没彻底做到。这一回上山则完全不同了：给满山的植被们洒香水，在机关附近种下猫薄荷，尤其是在成片的积雪草地下挖陷阱。这些，全都变成了我的功课，每一天都定时定量完成，完不成，我就不配吃一口饭。

更多的时候，我还是化身为一只老虎，终日蹿行，以此来吸引我的同伴。沟壑里，悬崖上，岩洞中，河水边，哪里都没少了我，卧跳之间，埋伏与游走之间，一遍遍地，我都在不断地对自己说：它会来的，它会来的。只要觉得累了，上山爬坡喘长气了，我便去煮林小莉给我配的药。最早的时候，每隔三天喝一回，渐渐变成两天喝一回。现在，一个月快过去，我已经变成每天都要喝下满满两大碗了。这药，劲儿还是大，我的下面，从早到晚，还是硬邦邦的。但是，为了有足够的体力对付老虎，我只用手解决了一次。一解决完，就后悔得要命：刘丰收啊刘丰收，你他娘的，不要命了吗？你他娘的，只有一条命，那就是抓到老虎，打死老虎！只是这么一来，从早到晚，我的身体里就像着了火，这火，让我的身上大片起疙瘩，让我的眼睛射出精光。还有，我动起来的时候还好一点，只要静下来，就好像马忠脸上的蜈蚣钻进了我的皮肤里。这些蜈蚣，堪称是此起彼伏，一个停下，一个便开始，一个往下，一个便往上，一寸寸地爬，一寸寸地咬，让我钻心地疼，让我钻心地痒。这还没够。这些蜈蚣，甚至从皮肤底下钻到了我的肝胆上，我的胃肠里，仍是一寸寸地爬，一寸寸地咬，折腾得我啊，常常就要找块空地躺下，而后，翻滚着，止不住地嚎叫了起来。我的嚎叫声，凄厉，漫长，一旦开始，就停不下来，既成声，又不成声，迎着风，在山谷里飘荡，只怕连真老虎听到了，也会被吓住。

就算这样，整整一个月过去了，我还是，连根真老虎的毛都没见到，我能怎么办？我也只有继续在积雪草底下挖陷阱，继续栽猫薄荷和洒香水，剩下的时候，就躺下，就翻滚，就嚎叫。一边嚎叫，我一边绝望地，看着近处远处的悬崖和沟壑，再对自己说：它会来的，它会来的。它没有来，马忠来了，他是被我的嚎叫声招来的，半山腰里，见我疼得实在难受，痒得也实在难受，他便劝我，赶紧脱下假老虎皮，去河里泡一泡，说不定，能好受点。思来想去，也没有别的办法，我只好听他的，脱了假老虎皮，从山腰下到谷底，三下两下，把自己脱光，跳进了河水里。可是，爹啊，妈啊，我怎么能想到，我刚一跳进河水里，我的师弟马忠，捡起那身假老虎皮，捧在手里，就像捧着一大把钻石，撒腿就跑了呢？我知道，从现在开始，马忠，再不是我的兄弟了，他只是那个要立头功的人。但是，我的钻石，我的心肝，那身假老虎皮，怎么能就此被他夺走呢？没了它，我可怎么活？没了它，到了晚上，我哪里还睡得着？所以，我赶紧跳出河水，跑回密林，一路去追他。荆条们迎面抽打着我的身体，我不在乎，刺丛们扎破了我的脸和手脚，我也不在乎，我只想追上马忠，把我的钻石和心肝要回来。终于，跑出一片刺桐林，马忠被我追到了悬崖边，前面再也没有路了，"再追我的话，"他弯下腰，喘着气，指着那身假老虎皮，再一指悬崖底下，对我说，"……我就把它扔下去。"

"马忠，别怪我没提醒过你，"因为早上才喝过满满一大碗药，我倒是一点也不累，身上那些被荆条们划出的血口子，也没让我觉得有多疼，我告诉他，"如果你敢把它扔下去，你今天，就活不成了。"

"我他妈的都成了这个样子！"马忠哭喊了出来，他脸上的蜈蚣们也爬了起来，"你就不能让我也使使它吗？我他妈的，真的没别的法子啦！什么法子都试过了，那狗娘养的老虎，就是不肯出来。你告诉我，还有什么法子？"

"我也没别的法子，"我再对马忠说，"我只有它了。"

停了停，我又补了一句："穿上它，我才能睡得着觉，没有它，我一分钟都睡不着。兄弟，你放过它，也放过你哥吧……"

"我放过你，谁放过我？"马忠哭完了，又笑起来，他笑着再一指悬崖底下，"哥，今天我非要它不可了，大不了，今天我就不活了，跟它一起跳下去。"

话说到这个地步，就由不得我不动手了：也是老天保佑，恰在这时候，一只松鼠，突然从马忠紧挨着的松树上跳下来，落在他的后背上，一溜烟地，跑远了。就这么一瞬间的事，却让马忠分了神，趁他分神，就像飞箭一般，我的整个身体，弹射出去，一把掐住了他的脖子。他踉跄着，仰面倒下，我再一拉拽，他的身体往右倾斜着落地，总算没有坠下悬崖。与此同时，我夺过了假老虎皮，扔到不远处，他也急了，抱着我的脖子，跟我缠斗在一起。一时是我占上风，一时是他占了上风，就在他骑上我的身体，拿出一根铁丝，打算来卡住我脖子的时候，我的手，触到一块石头，不大不小，正好称手，赶紧握起来，重重地，砸在了他脸上。他盯着我，脸上并没流血，只是愣了愣，身体一软，倒在了地上，而我，什么也顾不上，看都没看他一眼，径直奔向了假老虎皮。天哪天哪天哪，穿上它的

179

时候，哆哆嗦嗦地，我的手脚都在打着战，一穿上它，我就像喝了两斤茅台，彻底醉了。我估计，那感觉，就跟鸦片鬼看见了上好的烟土是一回事，它的味道，怎么闻，我都闻不够，它的那些须毛，怎么摸，我都摸不够。穿好了，我对着天空，长啸了一声，眼泪就流下来了：是的，它就是我，我就是它，我们两个，是同一张皮，是同一只虎。

没想到的是，我的瘾才过了一小会儿，马忠就醒了，奔过来，又骑上了我的背，腾腾腾地，跟武松一样，跟张红旗一样，对着我的头，接连来了三拳。但他不知道，就连他揍我的时候，我的心思，也不在他身上，我的心思，还在老虎皮身上。我仍在微醺着，把鼻子，把嘴巴，都紧紧贴在它身上。马忠还不知道，我的身下，正好又有一块石头，原本，我一点都没打算将它攥在手里，可到后来，他不再揍我了，而是死命地去剥我身上的老虎皮。这么一来，我就又急了，搬起身下的石头，侧过身，就要再去砸他。他往后一躲，哪知道，他的身后，就是悬崖，眨眼的工夫，他便跌下悬崖，不见了。我慌死了，不迭地凑到悬崖边，去大喊他的名字："马忠！马忠！"

事实却是，他并没有坠下悬崖，而是用他的两只手死死抱住了一根树桩。看见我凑过来，他左手撑住岩石，腾的一声，往上蹿起来，他的右手，却捡起一块石头，凶猛地，砸上了我的脸。这一回，晕过去的，轮到我了。石头砸上来，我的眼前一黑，便再也不知道东西南北了。

也不知道到底过了多久，我才悠悠醒转过来，一醒过来，我的心便揪紧了，赶紧去摸自己身上，这才发现，老虎皮还穿在我的身上，那就好那就好，我放了心，四下里张望，却没看见马忠的影子——太奇怪了，刚才，他明明要死要活地想抢走我的假老虎皮，我都晕过去了，他又怎么会不剥走它，一个人空手而归？莫非是，之前，他已经掉下悬崖了，后来砸晕我，其实只是我的幻觉？果真如此的话，那么，又是谁把我砸晕的？我百思不得其解，慢慢爬行到悬崖边，仔细查找马忠的下落。可是，悬崖边，没有任何血迹，悬崖之下，我只看见了一眼看不到头的金刚藤，它们层层叠叠，无边无际，一路向着远处的山峦铺展过去。再看山上山下，这个山头或那个山头，目力所及，马忠都不在，他就像是被外星人开着飞船接走了一样。我还来不及多找几个地方，要命地，凉风一吹，我体内的蜈蚣们受到了蛊惑，开始出动，一个停下，一个便开始，一个往下，一个便往上，一寸寸地爬，一寸寸地咬，让我钻心地疼，让我钻心地痒。我只好在原地躺下，翻滚着，嚎叫了起来。让我恼怒的是，我都惨成这个样子了，离我两米开外的一棵苦楝树底下，一只兔子，跟马忠一样，瞎着一只眼睛，蹦蹦跳跳，三步一回头地，还在嘲笑着我。对，作为一只老虎，我看得懂，它就是在嘲笑我。转瞬之间，我便下定了决心：好吧，你既然这么待我，就别怪我对你下黑手了。

只见那兔子，胆大包天地，钻进草丛，离我越来越近，再从草丛里探出头来，照旧笑嘻嘻地看着我，一只独眼，忽闪忽闪，两只耳朵，迎风招摇。它离我这么近，还敢这么放肆，不是活腻了，是什么？但见我，正在翻滚着，突然收住，冲出去，飞起来，重重落在草丛上，将那兔子压在身下。不承想，这个鬼东西，狡猾得很，身体一缩，钻进更深的草里，溜掉了。等我再看见它时，它已经跑出草丛，撒腿就冲着一片野苜蓿地跑了过去。当它回头，我清楚地看见，它还在嘲笑我，这样，恼怒一下子就把我的头脑给冲昏了：就凭你，芝麻大点东西，敢摸百兽之王的屁股？今天要是放过了你，你爹我，就不配在这山上当老虎了！于是，我狂奔三步，起跳，落下，再狂奔三步，再落下，风驰电掣，说的就是我，神鬼莫测，说的也是我。可是，简直气死我了，当我奔突了一阵，眼看着那兔子就要被我抓住，它却突然调转方向，往回跑了。这也难不住我，无非是急刹车，无非是收缩身体，狠命往前一蹬，再一回起跳。这一跳，比哪次都跳得远，落了地，我不自禁地咆哮起来，鼻子贴紧地面，野苜蓿的香气扑过来，没让我有丝毫平静，却让我更加狂躁和凶暴。所以，当那兔子被我逼进一块岩石的死角，慌忙之间，它干脆冲着悬崖之下跳下去的时候，我根本没有任何犹豫。是啊，马忠欺负我就算了，再远一点，张红旗欺负我就算了，厂子里的人都欺负我也算了，连你他娘的，一盘菜都做不下来的兔子，也敢欺负我？孙子哎，现在，我把我的底牌亮给你，要是抓不到你，我他娘的，就一头把自己撞死算了：对，我跟着那兔子，跳下了悬崖。那兔子，在半空里翻滚了好几圈，我的身体，也翻滚了好几圈，被树枝挂住过，被石头剐蹭过，但它们全都不在我的话下，拼了命，我也要把欺负我的人给生吞活剥了。对，前面那只兔子，不是别人，就是欺负过我的人，我把他们，全都当成了它。

最后，那只兔子，还有我，一起落在了崖底的金刚藤上。显然，它被砸晕了，好半天都站不起来。至于我，我却一点事都没有，拖拽着一片金刚藤游荡了好几个来回之后，我稳稳地站住了。等我再回头看它，它才迷糊着站起来，又作势要跑，只是这一回，孙子哎，我他娘的，岂能饶得了你再逃出生天？说时迟，那时快，我脑子一热，凌空飞扑，利爪当前，獠牙也当前，还没落地，我的两只前爪，已经死死将那兔子攥在了手里。现在，它后悔了，几乎从不叫唤的它也开始叫唤了，咕咕咕，咕咕咕，两条腿，绝望地蹬踏。但是，晚了，一切都晚了，我的脑子还在发热，另外，那满满一大碗药的药劲儿，此刻正像一群疯子，挤在我耳边说话：还等什么呢？下手吧！还等什么呢？下口吧！好吧，我听他们的，对准那兔子的脖子，活生生，一口咬了下去。顿时，鲜血开始飞溅，那些血，溅在我脸上，溅在它身上，更多的血，既在从它的脖子里汩汩流出来，也在从我的嘴巴里流出来，再顺着我的嘴角往下滴落，落到了金刚藤的叶片上。再看那兔子，又蹬踏了几下，抽搐着，气绝身亡了。看着它死了，我才开始一口一口，嚼起了它的肉，刚嚼了两口，我的唇齿之间，竟然涌出了一股凉丝丝甜丝丝的味道，什么情况？兔子的生肉，原来是甜的？是的，让我自问自答吧：它真的就是甜的，吃了一口，我还想再吃一口。那么，还等什么呢？你他娘的，可是一只老虎啊，不吃兔子你吃什么？它生下来，就是为了喂饱你的肚子的。更何况，它的肉，还那么甜，好吧，我也就不藏着掖着了，轻轻地举起了它，凑到嘴巴边，再把脸扎下去，一口一口，吃光了它的肉，也喝光了它的血。它的肉，是甜的，它的血，也是甜的，就连它的皮毛，也是甜的。

这天下午，是飘飘欲仙的一个下午：生吃完兔子肉，太奇怪了，我体内的蜈蚣们，一条条，都不见了。我不再觉得疼，也不再觉得痒，五脏六腑，都像是改朝换代之后的河山，海是清的，河是平的，要多舒坦，有多舒坦。更奇怪的是，当我掀开衣服，去看我的前胸，这才发现，原本长在那里的一片片疙瘩们，也都不见了。后来，我从崖底奔上山顶，穿怪石，从一片树冠跃上另外一片树冠，再攀峭壁，前腿和后腿的爪子，只要一落地，都像是嵌在了石层里，可谓是，手拿把掐，不费吹灰之力。很快，我来到了之前坠崖的地方，四周巡看，只见远处的山，近处的山，全都莽莽苍苍，真正是好一幅江山如画图。普山之上，莫非我土，对这一切，我深表满意，于是，摇着尾巴，我下了山，打算回我平日里过夜的窝棚里去。经过之前泡澡的河水时，我还是想把自己脱光了，再下去泡一泡。只是这时候，事情就变得更加古怪了：那身假老虎皮，就像是粘在了我身上，怎么脱，都脱不下来。我反过手去，去拉藏在皮毛里的拉链，硬是找不到它。也好，如此这般，可能正是天意，天意让我，先不要脱离假老虎皮，天意让我，再多做一分钟老虎。那么，我就听从天意吧。于是，我继续摇着尾巴，越过河去，钻进窝棚，心满意足地，睡着了。

第十四章

　　睡得好，做的梦，也就格外好：第一个梦，我梦见了一九六九年的我，那个我，不是刘丰收，而是侥幸逃命的那只幼虎。母亲死了，满山里，只剩下我一只老虎了，而我，终须自己去觅食，终须自己活下去。母亲死了好几天，我还没吃上过一顿饭，天气却是倒春寒，满山下起了鹅毛大雪。为了混饱肚子，不不不，只是为了不被饿死，我在白茫茫里四处奔走。可眼前除了雪还是雪，能够果腹的一切，都被雪埋了起来。在一片密林里，饿得实在没办法了，随便找了个地方，我就死命地用爪子扒开雪，往下刨，妄想着能够刨出一点吃的来。刨着刨着，我一脚踏空，整个身体陷进了塌下去的雪里，卡在两块石头之间，再也无法脱身。要是母亲还活着，她定会推开其中的一块石头，让我轻松挣脱。可是，母亲死了，我只有卡在原地，叫天不灵，叫地不应。我当然哭过，连声喊着母亲，问她，你没看到我正在受罪吗？没有任何回应，我也只有绝望地饿晕了过去。饿晕之前，大雪还在下，一棵棵树，都被雪压弯了，卡在石头缝里的我，也被雪压弯了。但是，当我迷迷糊糊地醒过来，却发现，天晴了，太阳出来了，而我，却没有一点力气朝四周张望一下。死，离我只有一步之遥了。也就是这个时候，我突然听见，有人在叫我的名字。我咬牙抬起头，这才看见，大慈大悲的观音菩萨，正端坐在天上，低下头，喊我的名字。她问我，想要去哪里。我呜咽着告诉她，我想要到母亲所在的地方去。观音菩萨听完，轻叹了一声，一拂长袖，我便应声而起，被一股神力托举着，轻松挣脱了那两块石头，慢慢上升。越往上升，阳光就越是猛烈，耳边尽是化雪声和清风声。最后，我稳稳地落在了一座山峰的峰顶上。那里也没有母亲，可是，瓜果满树，蜂蜜飘香，我知道，我又可以活下去了。

第二个梦，简直比一辈子都还长：我还是那只老虎，母亲死了好几年之后。有一天，我从过夜的山洞里醒来，冥冥之中，听到母亲在遥远的地方喊我的名字，她让我，一个人出发，去找到她，她就在某个地方等我。我听了她的话，出了山洞，穿过密林，再翻过好几座山，却被一大片水给挡住了。那水，比我见过的所有的水都大，也更蓝。我跳进那片水，这才发现，它实在是太冷了，每一寸水，都像是一把刀子，在割我的皮肤，在割我的骨头。我一边往前游，一边就能听见骨头碎开的声音。所以，并没游多久，我的全身，就已经散了架。好在是，母亲又在喊我的名字，我猛地一个激灵，只当母亲就在我的身边，她一直在拽着我，又或推着我，继续往前游。后来，在水底，我还遇见了不少从来都没见过的鱼，每一条，要是站起来，只怕都有半人高，当它们成群结队，朝我袭来。我吓得赶紧就要往回逃，还是母亲，我身边的水里，回荡着她的声音："别忘了，你是一只老虎。"好吧，我要听她的话，于是，不管不顾地，迎面去和那些巨大的鱼撞上，丝毫都不将它们放在眼里。如此一来，那些鱼，倒是退避着，留出一条缝隙，让我游了过去。离开大水，我又进了山，那山中，足足有几百号人，往日里，它们是炉前工，是脱硫工，是炼铁工和制氧工，现在，他们都叫打虎队队员，分成不同的队伍，手持着火铳，自然也有砍柴刀和五股钢叉，分头对我开始了追捕。妈妈，你看到了吗？他们追了我三天三夜，我也逃了三天三夜：掉进过陷阱，幸亏当晚下了一整夜暴雨，陷阱里灌满了水，赶在打虎队队员们收网之前，我借着水的一点浮力，慢慢往上够，慢慢往上够，最后，我的爪子，总算够上了陷阱边的松树，一把抓住，再拼命暴起，这才留下了性命；我的一只爪子，还被铁夹子夹到过，眼看着打虎队队员们离我越来越近，而我却逃不出，我的心，急剧地收缩，连瞳孔都开始放大了。这时候，母亲的声音又在我身边的灌木丛里回荡起来："别忘了，你是一只老虎。"是的，我是一只老虎，也不知道是怎么想出来的主意，猛然间，我张开嘴巴，咬向我的爪子。只用一口，我就咬断了自己被夹住的两根脚趾。这一回，我的性命，终于又留下了。最后，我甚至都不知道在一处什么地方，逃出深山和围捕之后，莫名地，我又被一团烈火给包围了。这火，烧着我的同类，我能清楚地闻见，它们被烧焦的味道。这火，也烧着更多的牲畜，它们的骨头，发出噼噼啪啪的声音，就好像，一只只爆竹正在炸响。说话间，烈火就像长了眼睛，直奔我而来。显然，想要活下来，我只有干脆钻进烈火，说不定，烈火的背后，还有一条生路。除此之外，我还能怎么办呢？是的，这一回，就连母亲的声音，我都没听到，我却横下心，冲进火光，也冲进了那些噼噼啪啪的声音里。一路上，我知道，我的皮毛被烧焦了，我身上的骨节，也在迅速膨胀，好似一个个的哪吒，脚踩着风火轮，便要冲出我的身体，疼得我啊，连想死掉的念头都来不及生出来。这时候，奇迹发生了，那些火，眨眼间，就灭了，旷野上，只剩下一个黑黢黢的我。我东看西看，满世界也只有我一个。突然间，我哭出了声来，我哭着对自己说：打今天起，你就是一只真正的老虎了。

打今天起，我就是一只真正的老虎了——黄昏来的时候，我刘丰收，从梦里哭醒了过来，一睁开眼，我变了，全世界也变了：首先，是无数种声音向我涌来。那些声音，像溃堤后的浊浪，不由分说，压倒一切，再步步紧逼过来，让我的两只耳朵生疼，甚至，让我的整个脑袋都生疼。再仔细听，那浊浪里，除了风声、蛙鸣声、鸟叫声、流水声，还有太多别的声响也在争夺我的耳朵，好让我听见它们——草籽落地的声音，树枝折断的声音，蜈蚣出洞的声音，蛛网粘住蝴蝶的声音，蝴蝶追赶蜻蜓的声音，等等等等。成千上万的声音，像成千上万的鬼魂，都站到了我身前，都在拉扯着我，再跟我说：看看我，你看看我。然后，是气味。那些气味，一样样，像是生来就在，只不过，过去的我资浅福薄，从来没有机会见识过它们的本来面目，只知道个咸酸苦辣甜，而现在，我的天眼开了，任督二脉通了，它们也就来找我了，再对我说：是时候了，你该知道我们到底是谁了。它们之中，当然有花的味道，芒草的味道，淤泥的味道，松鼠屎的味道，更有野猪下崽的味道，睡莲腐烂后的味道，蜂窝被烧着了的味道，树根被河水浸泡过的味道。有一种味道，特别冲，我一定是对它特别过敏，闻见之后，忍不住，一连打了好几个喷嚏。就是这几个喷嚏，让我猛然发现，我变了，全世界也变了：明明只是几个喷嚏，我的耳朵边，却响起了几阵闷雷声，这闷雷声，不来自天上，就来自这窝棚里，让窝棚摇晃，更让窝棚边上的几只松鼠吓得直打哆嗦，一溜烟，爬上了树顶。我也被吓住了，呆愣着，捂住耳朵，压制住别的声音，来回去看这闷雷声的来处。这才发现，我的双手，也就是我的两只前爪，根本不再是假老虎皮上的那两只前爪了。只见那两只爪子上的八个脚趾，银钩一般，尖利、细长，还泛着一点点象牙光。不对，我认得它们，自打假老虎皮上了山，天长日久之后，它们都被磨坏了，我也好，张红旗也好，前前后后，已经修理了它们好几次。现在，它们怎么全都变了，变得就像是刚刚生出来的一样？

怎么会这样？怎么会这样？我想了想，试探着，伸出右爪，去挠了挠我的右脸，没想到的是，我竟觉得了轻微的疼。霎时间，一股危险的预感在我心里升腾起来：我莫非，变成了一只真的……想一想，我就不敢再想下去了，赶紧地，再伸出左爪，用了劲，狠狠地去挠我的左脸。这一次，更疼了，这疼，明明白白，如假包换。可是，这怎么可能？平日里，隔着一张假老虎皮，跑起来的时候，就算那张虎脸被树枝刮到，被刺丛裹住，我也一点都不会觉得疼。难道，莫非，我真的变成了一只真的——？一下子，我就慌了，天要塌下来了，腾地起身，想要脱掉那身假老虎皮。可是，那身老虎皮，哪里还有半点假？从上到下，它们都焊死在我身上了。"爹啊！妈啊！"下意识地，我大叫着爹妈，忍住疼，用尽了力气，去拽住一块皮，想要把它从我身上扯下来。一点用都没有，事已至此：它们就是我，我就是它们，我把我自己，能拉扯到哪里去呢？我他娘的，绝不认命，再一回大喊起来："爹啊，妈啊，来救救我吧！"这一嗓子喊完，我才像是被闪电击中，猛然间呆住了：我喊出来的，明明是人话，叫的是爹，叫的是妈，到我耳朵边上时，却变成了老虎的咆哮。那咆哮，跟当初张红旗喊出来的一模一样，也跟我在追兔子时喊出来的一模一样。还有，转瞬之间，我也明白过来，之前，那些把松鼠都吓上了树的闷雷声，它们不是别的，它们不过就是我打出来的几声喷嚏！天哪天哪天哪，林小莉，你到底在哪里？快来救救我吧！马忠，张红旗，李好运，还有王义，冯海洋，冯舰艇，你们到底在哪里？求求你们，快点来，快点来救救我吧！你们的大哥，你们的队长，变成一只真老虎啦！事实却是，没人理会我，我冲出窝棚，胡乱对准一座山头，跪下磕头：观音菩萨，你大慈大悲，一九六九年，你救过老虎，现在，你救救人，把我，把一只老虎，重新变回刘丰收吧！然而，观音菩萨也没有理我。我数着数，磕满了九九八十一个头，观音菩萨还是没有理我。我仍然不认命，也绝不相信。自此之后，我就是只真老虎了——我，刘丰收，有老婆，有儿子，当过打虎队队长，差一点就混上了车间主任级别，我怎么能是老虎呢？我他娘的，打的就是老虎啊！

是的，我绝不认命：磕完头，低吼着，我在原地里打转了好几个来回，终于迈开四条腿，狂奔向前，向着不远处的河水跑去。一路上，不管经过哪里，我的周围，都能迅速生起风来。对，我要借着河水，好好认清自己，到底是只老虎，还是穿着假老虎皮的刘丰收。到了，总算到了，我把头伸向河水，只有一两秒钟，还是怕自己受不了，赶紧收缩回去，又过了一阵子，才把心一横，慢慢地，把头对准了河水。这下子，河水里的倒影，被我看得真真切切：一只老虎，一只真正的吊睛白额虎，正在水里盯着我。只见它，全身黄褐，腹面和四肢内侧却是白的，全身最白的，是额头上的那一片白。所谓白额，说的正是它。还有，它的脖子，粗而短，几乎与肩膀同宽，它的胸，它的腹和屁股，却是窄窄的、扁扁的，形似一把长刀；再看它的背上，并排长着两行黑色的纵纹，它的尾巴上，还嵌着十几个铜钱般的黑环，它的毛发，像是上过桐油一样，飘摇着，泛着光；紧接着，我昂首，它也昂首，我暴怒，它也暴怒，还用说什么呢？我还能是谁，它又能是谁？跑不了了，它就是我，我就是它，刘丰收，千真万确，变成一只吊睛白额虎了。可是，我有老婆啊，我有儿子啊，我变成了老虎，大慈大悲的观音菩萨啊，你叫他们怎么办？对了对了，我还在打老虎，为了打老虎，每天都要喝满满一大碗药，为的是，把这天大的祥瑞献给新厂长。如果让我遂了愿，咸鱼翻身，烂泥再被糊上墙，就算在厂子里出将入相，都是眼见得的事啊！观音菩萨，释迦牟尼佛，耶稣基督，你们伸把手，把我再变回去。要是把我变回去，别说给你们做牛做马，就是让我像厂里的大老刘一样，把手给切了，我也心甘情愿，好不好，你们说好不好？但是，观音菩萨没说话，释迦牟尼佛没说话，耶稣基督也没说话。满山里，满世界，只有我一个人，不，只有我一只虎。我往前看看，往后看看，终归看不见一个对我伸把手的人，于是，扑通一声，跳进河水，想让河水把我的皮肉泡得分开，可照旧没有用。在河水里，我泡了足足一个小时还多，我身上的毛发，却比之前更加油亮，我的老虎屁股，比之前更加窄，也更加紧绷。这时候，月亮出来了，照得山中一片银白。什么都没变，只有我变了，我仰卧在水里，只露出两只鼻孔来呼吸，对着天上的月亮，哭了起来。

之后，整整三天，我不吃不喝，随便找了片树林，躺下来，半步都没有走动过，哭了好多回。可只要哭出声来，我听到的，就是自己的咆哮；我老婆的名字，我儿子的名字，我也喊出来了好多回，我听到的，还是我自己的咆哮。三天里，我躺着的这片林子里，连只蜻蜓也不敢飞过来，见我来了，刺猬，狗獾，喜鹊，乌鸦，要么飞，要么跑，全都逃出这片榕树林，消失得无影无踪了。它们并不知道，让它们闻风丧胆的我，一心只想把自己给饿死：就连一只跛着腿的狼，看见我，想跑远，又跑不远，我的嘴巴，我的整个身体，都没动一下。只要动一下，我就是可耻的，我就该一枪把自己给毙了——爹啊妈啊，你们知道发生什么事情了吗？还是让我这不孝之子跟你们把实话跟你们说了吧。事实是，我带上山的那些干粮，我再也不觉得它们能够下咽了，反倒是，一只鸟飞过去，一只狼走过去，哪怕一只蜥蜴爬过去，我就会忍不住地咽口水。脑子里，嘴巴里，全是被我吃掉的那只兔子的味道，凉丝丝，甜丝丝。所以，爹啊妈啊，你们的儿子，忍得太辛苦了，你们的儿子，害怕一旦吃掉它们，就再也变不回刘丰收了。这么一来，饿到第三天，哪怕已经成了老虎，我的体力，也撑不下去了，头重脚轻地，常常觉得眼前会飞来一群小金星，它们盘旋着，飞舞着，怎么赶都赶不走。我知道，那些小金星，不过是我的幻觉，但这幻觉却顽固得很，一会儿换一个花样，一小时换一个花样。这不，到后夜，我竟然看见了我自己，刘丰收，我看见的他，是打虎队还没成立，第一回跑上山来找老虎的他，喝了好多的酒，跌跌撞撞，又哆哆嗦嗦，一见之下，我又是惊，又是怒，"刘丰收——"我几乎是带着哭腔，喊他的名字，再求他,"下山吧,别再往前走了。"

他被我突然响起的声音吓住了,瑟缩着,往四下里看。当然看不见我,他只是我的幻觉,怎么看得见我呢?"……你是谁?"即使是幻觉,我也能闻得见他的一身酒气,他既想往后退,又斗着胆,故意梗着脖子,对准一个方向,"你在哪儿?"

我能怎么回答它呢,难道,我跟他说,我其实是他,我的名字也叫刘丰收?

见我半天不说话,他的胆子大起来,醉意也更重了,嘿嘿笑着:"我知道了,你是抄近路来跟我抢头功的!"

"不是。"我沉默了一会,告诉他,"这条路,不好走,别再往下走了。"

"哟呵,你他娘的,嘴还挺硬——"他笑声更加大了,"那你说说,这条路,咋不好走?我就不信,那老虎敢把我给吃了?"

听他这么说,我的鼻子,又酸了,有点说不出话来:"老虎吃不了你……"我的心一硬,对他说,"但是,你会变成老虎。"

他一愣,随后,一仰脖子,灌下一大口酒,嘿嘿的笑变成了哈哈大笑。他弯着腰,笑得简直上气不接下气,笑完了,直起腰来，问我："你他娘的，半夜三更不睡觉，跑上山当作家编故事来啦？"

"兄弟，我小时候，也想当作家，写的诗，还在厂报副刊上发表过，"他干脆不再管我，汩汩汩地，又是好几口酒灌下去。灌完了，他像是也累了，靠在一棵榉树上，有气无力地，"你再看看我现在，连个炉前工，都快当不上了。兄弟，老虎已经骑上我的脖子啦……打他是个死，不打他也是个死。你告诉我，我打不打？"

一边听他说话，另一边，我的心里，就像有好多根针在扎。有那么一阵子，我恨不得冲出我的幻觉，跑到他身前，好让他认清楚，我究竟是谁。最后，却还是盘踞在原地，声音都在发着颤，问他："……要是变成了老虎，老婆怎么办？儿子怎么办？"

"滚开——"哪知道，他一扔酒瓶，好似被夜奔路上的林冲附体，手持着五股钢叉，上下挥舞，又是蹦，又是跳。折腾了好一会儿，突然止住，一只脚踩地，另一只脚往后伸远了，停在半空里，他手里的五股钢叉，死死指定一个方向，就像是，死死地指定了我，"我再对你说最后一遍，滚开。"

第十五章

夜深之后,我回了家,家门紧锁,我抬起嘴巴,往前拱了拱门,里面没有声音。显然,林小莉不在家,我儿子也不在家。又想起钥匙对现在的我已经没有了意义,便稍微用劲,撞开了家门。一片漆黑里,我呆呆站着,身体高过了餐桌,再去看锅碗瓢盆,还有桌子椅子全家福,什么都没变,一切都还是原来的样子。走了一会儿神之后,我进了我和林小莉的卧室。那床,好几天都没人睡过了,乱七八糟的,堆满了林小莉的衣服。我突然想上床,到我经常躺着的位置,再去躺一会儿。结果,刚把头伸上床,蹭了蹭被褥和枕巾,又怕自己的毛发脱在了床上,让林小莉见了害怕,便叹了口气,再跟自己说:还是算了吧。一转身，我看见了穿衣镜里的自己，幸亏屋子里黑得很，我只看了个大概，唯独额头上的那一块白，在镜子里格外亮眼。我盯着它看，看着看着，我身体的轮廓，还有皮毛上的黄褐色，一点点开始变清晰，清晰得让我害怕。与此同时，我的心，也刺痛了起来，这才慌忙地闭上眼睛，奔出卧室，来到了我儿子的房间。我儿子的房间里，比我和林小莉的床上还要乱，床上地上，全是些过期杂志，《枪械知识》《舰船知识》《飞碟探索》，杂志与杂志之间，散落着一堆机器零件。我顺着那堆零件，往床底下看，一眼看见，一把新枪，赫然藏在床底下。我就知道，依他的脾性，非得要做把新枪出来不可，只因为，他原先那把长枪，已经被厂保卫科的人给收缴了。

必须承认，变成老虎之后，这并不是我第一次进厂子里了。此刻，我老婆在哪里，我儿子在哪里，我都一清二楚：在我上山一个月零九天之后，我老婆，还有我儿子，找到山上来了。我估摸着，她先去找过王义，也去找过李好运和冯海洋冯舰艇他们，要他们陪着她一起上山，来找她男人的下落。不用说，他们全没理会。也不怪他们，一个个的，既然下了岗，都在挣着自己的活命钱呢。这天，一大早，我还饿着，管他狐狸松鼠，管他兔子野鸡，哪怕离我再近，近到我已经闻到了甜味儿，满脑子里都是它们被剥了皮之后的样子，我也强撑着，丝毫都不想对它们动手。这时候，当我从草丛里偶尔一抬头，我的整个身体，便怔住了：我老婆，林小莉，还有我儿子，正过了河，朝我走过来。一过河，林小莉便绷不住了，止住步子，对着四周的山峰，胡乱叫喊，眼泪也收不住："刘丰收，你死到哪里去了？"她的叫喊声，惊动了密林里的果子狸，生出了动静，她也不知道深浅，追着就进了密林，嘴巴里还在喊："刘丰收，你要是再不下山，他们可就忘了你还在打虎啦——"紧接着，她背靠着一棵榕树，歇了几口气，放低声音，像是在提醒我，也像是自己跟自己说："你看，这才几天工夫，他们就把老虎给忘光了……"

这一整天，哪怕我饿得头也昏，眼也花，却还是牢牢地跟定着我老婆和我儿子，生怕他们，会出什么闪失。林小莉的魔怔是越来越明显了，走路直直的，眼神也是直直的。与其说她上山是来找我了，还不如说，她是来找她的魂来了。她的魂，既是老虎，也是我。她不知道的是，有好多次，我都差点忍不住，想要跳出来，挡住她，再跟她说，现在，我就是老虎，老虎就是我。事到临头了，终究还是不敢，只敢远远地跟着他们。说起来，还是我儿子，贼得很，有好几次，像是听到了什么动静，骤然停下，再端起长枪，东瞄瞄，西瞄瞄，差点都把我瞄上了，又把枪缩了回去。后来，天色晚了，猫头鹰都开始叫了起来，这母子二人，还在往深山里走。再往前走，就是一片沙丘，那里不是别处，正是狐狸洞成堆的地方。那些狐狸，三番五次地攻击过我，要是山中无老虎的话，它们就算得上是最大的恶霸了。这可如何了得？眼看着他们离那片沙丘越来越近，近到随时都有可能狐狸冲出来，我急了，什么也不管了。刚想去叫林小莉的名字，又怕一叫出来，林子里响起来的就是老虎的声音，只好把嘴巴又乖乖闭上了。多亏了，一头野猪，恰好从离我几米远的地方现出身来。我瞅准了它，再做小伏低，缓缓地爬过去，直到快要挨上它的脸，它才看见了我。它何止是害怕，一看见我，连闷哼一声都没有，想转身，又不会在仓促间转身，原地转了好几圈，又打了好几个趔趄，这才直直地对着林小莉和我儿子冲过去。我儿子连端枪都没来得及，那野猪，就彻底消失不见了。但是，这一阵子动静，倒把林小莉的魂唤回来了不少，拉扯着我儿子，就要下山回厂里去。我儿子根本不愿意，不停地跟她犟嘴，还没犟上几句，林小莉劈头就给了他一巴掌。

他们下山的时候，我也一直跟着呢，鸟也好，兽也罢，鼻子都好得很，隔了老远，都能闻见我的味道，逃命还来不及，哪里敢打我老婆儿子的主意？我远远地跟着，只听见林小莉不停地问我儿子："……他不会，被老虎吃了吧？"我儿子嗤笑了一声，叼着一片树叶，扔下他妈，快步往前走。他走快了，我也轻悄地飞奔起来，如此，才能跟上他们。要知道，上一次，我们一家三口，走在同一条路上，至少也是十年之前的事了。然而，送君千里，终有一别。不知不觉间，我们便来到了整座镇虎山离厂区最近的下坡路上，钢厂的大门几乎近在咫尺，不管多舍不得，我也没法再跟着他们了。于是，我便找了一处灌木丛，蜷缩好，看着他们进了厂区，再看着他们进了家门。没过多大一会儿，我又看见，林小莉拎着那块纸盒板，出了门。不用说，她这是上访去了。可是，天这么晚了，厂部大楼里的人早就走空了，她还能到哪里去上访？就算有地方，哪还有什么人来围观她？没想到的是，林小莉，真是不要命了啊，我眼睁睁地看着她，过了轧钢车间，再背着人，绕过十几座高耸的矿石堆。最后，她竟然来到了厂里的一号高炉下面。一下子，我便忘了自己早已不是人，对着林小莉，张口就喊，要她不要冲动。喊声一出口，一群鸟雀便从我身后的山岭上疾飞了出去，我只好闭嘴，再去盯着她，一层层，一层层，爬了上高炉边的钢架。高炉里，烈火冲天，黑烟和灰烬飞出炉膛，一点点在工厂上空扩散，林小莉的影子，也被高炉里的火映得通红通红。这时候，她总算选定了一个地方，站好，举起纸盒板，嘴巴里叫喊起了什么。隔得太远了，我听不清，但我也大概能猜得出来，她无非是在来回喊着纸盒板上的那八个字：老虎吃人，严惩老虎。

一号高炉，除了当班的职工可以进出，历来都是禁地。现在，林小莉轻而易举爬了上去，这不是在打高炉车间的脸吗？尤其是，这不是在打厂保卫科的脸吗？果然，没过几分钟，厂区里，警戒哨吹响了好几遍，几乎所有的保安，全都跑到了一号高炉跟前。保卫科科长站在钢架下，仰起脸，厉声呵斥着林小莉。林小莉也不打断他的话，只要他说话，她就笑眯眯地闭嘴，等他说完了，她再接着喊那八个字：老虎吃人，严惩老虎。另一边，几个保安却早就偷偷爬上钢架，站在了林小莉背后，趁她喊话，同时出击，将她抬起来，再慢慢下了钢架。而林小莉，一点挣扎都没有。他们抬着她，她就老老实实躺着，就好像，这正是她想要的结果。下了钢架，她就没那么好运了：她还在笑着，保卫科科长早已飞起一脚，将她踹翻在地上，随后，解下皮带，对准她，一阵猛抽。林小莉抱着头，往四下里躲，奈何四下里都是将她围起来的保安，躲到这边，挨上一脚，躲到那边，再挨上一脚。没过多久，她便没力气躲了，仰面躺着，任由保安们发落。保卫科科长却没完没了，再走到她面前，对准她的脸，一脚猛踩上去。那力气，用得太狠，狠到连他自己，都差点没站住。

　　灌木丛里的我，当然早就蜷缩不住，起身，打转，奔向厂部的围墙。趴在围墙上，几度想要冲进厂里去，再冷静下来，回到灌木丛。想一想，还是忍不住，再奔向围墙。反反复复，起码来回了十几趟。最终，我还是没敢跳进围墙之内：跳进去是容易的，杀那些狗娘养的个个人仰马翻，也是容易的，可是，之后呢？众目睽睽之下，一只老虎，进了厂子，伤了人，接下来，打虎队岂不是连夜就要重新成立起来？那帮破烂玩意儿，岂不是连夜就要上山来围我捕我，打我杀我？谢天谢地，不如谢我儿子，就在我一点方寸都没了的时候，高炉之下，一声枪响，让保安们全都步步后退了起来。天快要黑定了，路灯也亮起来了，我现在的眼睛，却是老虎眼睛，看得要比从前的刘丰收远得多——我儿子，救他妈去了。他先是对天放了一枪，再端着长枪，一会儿对准这个，一会儿对准那个。保安们自然都被惊呆了，全都不知道该如何是好。我儿子把枪对准保卫科科长，对他发了命令，要他把林小莉从地上搀起来。他也乖乖听了话，蹲到了林小莉身边。哪知道，当他搀起了林小莉，竟然硬生生将她往前一推。林小莉趔趄着，就倒向了我儿子。事情太突然，我儿子，也太年轻，愣在了原地。而那保卫科科长，连同别的保安，趁着我儿子还在愣神，齐齐将他扑倒，再死死摁住。然后，和之前一样，保卫科科长对准我儿子的脸，一脚猛踩下去，又是差点都没站住。

我承认，躲在灌木丛里，我的牙齿都快咬碎了。再加上，因为害怕变不回刘丰收了，这些天，除了啃食过几样野菜，管他狐狸松鼠，管他兔子野鸡，不管什么生肉，我都没吃过。到了这时，越生气，我就越饿，越饿，我就越是气得眼里冒出火来。我那两只眼睛，只怕早早就变成了两只小灯泡，它们发出的光，照射着眼前大片的芒草，盯着的时间长了，幻觉便出现了。我分明看见，不知道是哪一回上山的刘丰收，又是一身酒气，出现在了我眼前。此刻，他正抱住一根树桩往山上攀去。"刘丰收，你给老子赶紧回去——"也不管他是不是醉了，一看见他，我便失了声对他喊起来，"快滚回去，救你老婆，救你儿子！"

"怎么又是你？"他果然还醉着，不再往上攀去，身体却摇晃着，根本站不稳的样子，又低着头，想了一会儿，最终想起了我，"你……到底是谁？"

"我就是你啊！"到了这个地步，我还用瞒着他什么呢？

我告诉他，"我其实是你，你现在回去，好好劝劝老婆儿子，要他们好好过日子，什么都别闹了。他们要是闹了，在我这儿，他们就要挨打，快回去，好不好？"

他像是快要吐出来的样子，不停地打酒嗝，又扭着脖子瞪着我。当然，他只是我的幻觉，不管怎么瞪眼睛，也看不见我。

到了这时，我也总算想起来，他这一回上山的日子，其实是他见那导演的三天之前。前一天，他刚痛揍过一顿巡逻队员，不光啥事儿没有，还和保卫科科长喝了半夜酒，所以，现在，他其实是正在兴头上。即便如此，我也只能继续哀求他："快回去吧，我已经……回不去了……我变成老虎了。"

"且慢！"听我这么说，他反倒来了精神，全然不理会我说的话，又好似演出中的张红旗，伸出一根手指，指着天，再一撩并不存在的戏袍，扎了个马步，问我，"既然你是我，那我问你，我的车间主任级别混上了吗？"

"没有。"我痛快地告诉他，"不光没有，你还变成老虎了。"

跟上次一样,他又是一愣,接下来,却是弯着腰,笑得简直上气不接下气。笑完了,直起腰来,摇着头,晃着手指头,告诉我:"你爹我,不信——"

他打了个酒嗝,又笑起来:"来,好好叫声刘主任让我听听,怎么,你不是我吗?叫我一声刘主任,不就是叫你自己刘主任吗?"

而我这里,情形已是十万火急:这时候,我老婆,我儿子,都被保安们绑紧了,再从地上拽起来,推搡着,往保卫科的院子里走。不用说,只要进了那院子,这母子二人,一晚上都没啥好果子吃。既然如此,我也只好破罐子破摔,丢下刘丰收不管,跳出灌木丛,飞扑向前,再一腾空,越过了围墙,安生落地。张望了一会儿,下定决心,大路小路都不走,而是跑进了一个货场,先爬上比屋顶还高的货堆,再从货堆上跳到货场的屋顶上,自此,再没下过地。脱硫车间的屋顶,连铸车间的屋顶,烧结车间的屋顶,还有医院食堂剧院的屋顶,它们一一被我跑过,避过了好多一失足就会掉下去摔死的窟窿,又穿过了好多花花绿绿的氧气管子氢气管子氮气管子,我总算站到了维修车间的屋顶上。眼看着我老婆和我儿子离我越来越近，要命的是，我终究没敢跳下去，再从人堆里将他们劫出法场。而是眼睁睁看着他们，一步步，被押进了保卫科的院子里。说白了，我就是怕，我怕我一现身，弄不好，全厂的人都要放下活计，开始围我捕我，打我杀我。保卫科的院墙特别高，我几乎是站起身来，两只前爪都到了半空，也看不见院子里的动静，只听到，我老婆，我儿子，同时大声叫了起来。之后，脚踹的声音，扇耳光抽皮带的声音，更是一刻也没有消停过。而我，仍然埋伏在维修车间的屋顶上，身体一动也没动，我的八根脚趾，银钩一般的脚趾，却把屋顶愣生生抠出了八个带着我血迹的小洞。

第二天下午，我老婆，我儿子，被保卫科科长放回了家，我儿子的枪，也被收缴了。这个天杀的，一点轻重都没有，人家放他走，他就赶紧走呗，可他偏不，脸上还淌着血，却非得去找保卫科科长要回他的枪。最后的下场，是干脆被几个保安揍晕过去，再把他抬回了家。他这个样子，叫我怎么能够放得下心？所以，第二天晚上，天刚擦黑，我就趁着夜幕，翻院墙进厂，跑到家对面的楼顶上，趴好了，再牢牢盯着他，生怕他从床上一爬起来，再出去闹出什么乱子来。他还真被我给猜着了，晚上八点的样子，他出了家门，再去厂保卫科要枪。更可怕的是，他刚出门，他妈，林小莉，竟然新做了一块纸盒板，纸盒板上还是写着"老虎吃人，严惩老虎"，也出门了。这一回，她的目的地，是厂里的二号高炉。这两个活活要了我命的磨人精啊，最后的结果，全都可想而知：林小莉还没靠近二号高炉呢，就被一群炉前工扭送着，押进了保卫科的院子。我还是跟过去，趴在维修车间的屋顶上，看着她跟前一天一样，放弃抵抗，只是笑。现在，她的笑，变成了冷笑："你们不觉得自己可怜吗？"她冷笑着，去问那群炉前工，"老虎要是来了，命都没了，你们炼再多钢，有什么用？钢，能保你们的命吗？"随后，她在保卫科的院子里，跟我儿子碰头了。他俩一碰头，我的耳朵边，便又响起了脚踹声，响起了扇耳光抽皮带的声音。到最后，我的八根脚趾，对着屋顶死抠，又抠出了带着我血迹的八个小洞。十二点刚过，我老婆，我儿子，还关在院子里，保卫科科长带着几个手下，出了院门，去烤串店里喝酒。我也悄悄移动，跟上他们，一直跟到了烤串店的屋顶上。这么一来，他们说的每句话，就都被我听真切了：他们说，明天晚上，要是我老婆、我儿子还像今天来这么一遭，他们也累了，对厂领导也交代不了了，所以，干脆报警，把那母子二人交到市里的警察手上去。到了那时，该判刑判刑，该坐牢坐牢，跟他们也没什么关系了。

这天晚上，回到山上，我就破了戒，种种荤腥，一概被我吞进了肚子里——松鼠蜥蜴，雨蛙野鸡，早已不在我话下，这一样一样，轮番着，我都吃了一遍。吃完它们，我心想，这才哪儿到哪儿，我的虎口，第一天开张，总得要吃个大家伙才行。于是，在吊桥旁边的草丛里，我埋伏下来，没过多久，就等来了一只回穴的狗獾。那狗獾，闻见我的气味，心知不对，转身要跑，它的腿，却已早早被我咬死，我再一用力，嘎嘣脆一声，这只腿，就进了我的嘴巴。一股甜味，久违的甜味，直冲我的鼻子，就像喝了茅台，我的脑子，我的四肢，我的胃肠和肝胆，全都麻了，全都酥了。既然如此，我岂能放过它，放过更多的甜味？那狗獾，像是根本不能接受自己就这么没了一条腿，忘了逃，看看我，再看看它身上的血，一脸的恐怖，一脸的悲愤。但是，它想多了，留给它活着的时间，并不多了。趁它还想不起逃命，我的两只前爪迅速出击，一把掐住它的脖子，直到它的脖子渗出血来。我知道，我的八根脚趾，已经将它的脖子，活生生穿透了。就算这样，对它的肉，我并没流连太久，吃了几口，就不再吃了。只因为，大戒一破，自此之后，这漫山遍野，哪一样，我不是想吃就吃想扔就扔？吃完狗獾之后，故意地，我跑进了那片狐狸洞成堆的沙丘。见我来了，那些狐狸的眼睛，一颗颗的红点，只敢龟缩在各自的洞中，断断没了从前的嚣张。但总有那么两三只，晚回来了，一见是我，掉头就跑。我当然要追上去，再看一个个洞中，已经有狐狸忍不住，把头伸出来看热闹，如此甚好。突然间，我止住步子，奔向其中的一个洞穴，并不下口，单伸出一只爪子。就这一只爪子上的脚趾，当它们进洞，这只狐狸的身体，要么是肚子，要么是脸和眼睛，就又被它们穿透了。然后，我慢悠悠地，把它拽出来，再当着那些小红点，一块块，嚼烂了它，生吞了它。我也知道，它们都被吓住了，小红点们也不再明明灭灭，而是长久地呆滞着，那是它们害怕得连眼睛都不敢眨一下了。但是，我亲爱的狐狸兄弟们，就请你们，多担待你们的老虎哥哥吧。它也是没办法，不吃掉你们，乃至更多的生肉，它的身上，就没力气。没有力气，明天晚上，它还怎么下山去劫法场，去救老婆、救儿子？

第十六章

在我儿子的房间里，忙活了好半天，他新做的那支枪，我才总算给他收拾利索了：实际上，他的手艺原本就不赖，这支枪，也只剩下枪管还没调整好，我将两只前爪伸到床底下，把枪拽出来，再将它架在了窗台上。之后，我直立起来，趴在枪后面，瞄准几百米开外的一座水塔，很快就发现了问题出在哪里——这把枪，枪身并不长，枪管却稍长了。还有，瞄准镜上的狙丝也不够精确。于是，我便找来一把锯子，一点点锯去了多余的枪管。现在的我，是一只老虎，抓兔子捕狐狸容易，用锯子锯枪管，却真是太他娘的不容易了。枪管锯完，我早已汗流浃背，紧接着，我又将瞄准镜上的狙丝校正好，再把枪架上窗台，去重新瞄准水塔。这下子，就算说这把枪能做到百发百中，也不是什么过分的事了。把枪收拾利索了，一转身，我一眼瞥见，那些过期杂志里，还躺着一本油渍渍的书，叫作《朦胧诗选》。书上面，全是我儿子做枪时淌下来的机油。想我当初，也是写过诗的。当年，北岛、舒婷来市区里参加诗会时，我还跑了三十多里路，去市区最大的剧院里见过他们。犹记得，那晚，剧院里恰好停电，几千号人，点着蜡烛，一起背诗："看吧，在那镀金的天空中，飘满了死者弯曲的倒影……"再想起来这些，一时之间，我怎么受得了？但是，为了避免哭出来，为了不让人听见有虎啸声平白无故地传出去，我赶紧吞咽着嘴巴，再去把那些过期杂志一本本码好，放在了我儿子的床头柜上。

没料到，更大的伤心，还在后头。盯着我儿子的床，发了一阵子的呆，尿意袭来了。我出了房间，进了卫生间，问题却来了：我到底该像变成老虎之后一样，四肢着地尿出来？还是仍然像当初的刘丰收一样，只用两只后腿着地，直起身，站着尿？幸亏，正在我伤心之时，几阵警笛声传了过来。一听见它们，我就忘记了要尿这件事，奔出卫生间，打开家门，往厂区里看。果然，一辆满身泥泞的警车，刚刚驶进厂部大门。不用说，他们这是要前往保卫科，把我老婆和我儿子带走。好吧，我登场的时候，到了！深深地，深深地，我吸了好几口气，四肢蹬踏，开始奔跑。接下来的路线，我都再熟悉不过：进货场，上货堆，再跳上屋顶，并不下地，继续在各个车间的屋顶上狂奔。最后，我刚刚在维修车间的屋顶上埋伏好，那辆警车，就开到了保卫科的院子门口，而我老婆、我儿子，早早被一堆保安压制住，正等着被押上警车。警车停下，车门打开，两个年轻的警察下了车，保卫科科长赶紧迎上去，递上烟，给他们点上，再一挥手，保安们便推搡着我老婆和我儿子要上警车。即便如此，我也并没有先着急跳下，而是长啸了一声。这啸声，让凉风四起，让屋顶震动，再看眼前众人，几乎每个人，一仰头，同时都喊了一声："我×！"接下来，你推着我，我推着你，四散着开始逃命。反倒是我老婆，林小莉，一直冷笑着，看清我之后，还是在冷笑着。笑着笑着，就像是癫痫犯了，猛然间，她的身上打着战，她牙齿也在打着战，既声嘶力竭，又说不清楚话，发了疯一般，拉扯住了保卫科科长，对他喊："我说什么来着？我说什么来着？"

为了逃命，对着我老婆，保卫科科长抬起脚来，刚要踹下去，晚了，我已经腾空飞扑了过去。那保卫科科长，顿时便忘了去踹我老婆，而是吓傻了，呆在那里，表情也凝固了，只剩下一张嘴巴张开着，一直都合不上。转眼间，我便将他扑倒在了地上，他的脸上，齐刷刷地，留下了八条细长的血印子。眼见得我的嘴巴凑过来，下意识地，他缩紧了脖子，两只胳膊，两条腿，就像是溺了水，又是蹬，又是踩，瞬时之间，他的五短身材，便缩成了一个侏儒。也是奇怪，到了这时候，我的尿意，忍不住了，好吧，既然忍不住，我也就不忍了，对准他的脸，哗哗哗，哗哗哗，一泻千里地，我便尿了起来；另外一边，那两个警察，之前也被吓傻了，见我落地，什么都忘了，愣怔了一小会儿，他们如梦初醒，一起往警车上奔。我怀疑，他们上车，是取枪去了，所以，我如何能够遂了他们的意？闪电般的工夫里，一边还在尿，我一边冲过去，将他们撞倒，再往后退出去几步，用后腿发力，腾跃着，愣生生，撞破了车后座的玻璃窗，然后，分秒不歇，再撞碎挡风窗玻璃，从玻璃洞里飞奔而下，稳稳落地，站好，摇晃着虎尾，继续尿着，看看他们接下来又当如何。与此同时，那辆警车，却自顾自地，发动了起来，沿着眼前的路，一步步跑远了。这一幕，实在是太诡异了，不光碰见了虎，还碰见了鬼，就算是那两个警察，也不再强撑，一转身，跑进保卫科的院子，死死抵住院门，再也不出来。他们并不知道，那警车，其实是我跳上去时发动的。再看那保卫科科长，还有那些保安们，哪里还有他们的影子，早就跑不见了。只剩下我老婆，我儿子，垂着手，忘了走，忘了逃，难以置信地看着我。罢了罢了，现在，此刻，并不是恋栈之时，更不是儿女情长之时，就算我能开口说话，又能说些什么呢？所以，沉默了一会儿，我掉转身，准备回到山上去。"不许走！"我老婆，林小莉，却大吼了一声，不顾死活地朝我跑过来，厉声问我，"你走了，我怎么办？"

这个傻女人哎，做人做虎，我都拿她没办法，只好开口，跟她说："别跟着我了，以后……你们好好过日子。"

"别跟我来这套，我不怕你——"我跟她说话的时候，哪怕声音再低，在她听起来，也跟吼叫一样。她步步紧逼过来，还指着我儿子，"你就这么走了，叫我怎么办，叫他怎么办？"

停了停，她又问我："还有刘丰收，你到底把他怎么了？"

听她问起刘丰收，一下子，我也不知道该怎么接她的话了。再去看她时，心也软了，而且，我还看见，她的脸上，跟前一天相比，又多出了好多瘀斑。她的一根手指，估计是被那帮狗娘养的上过手段，肿了，比别的手指要粗出许多来。但是无论如何，我也不能再跟她纠缠下去了，再纠缠下去，不知什么地方，真有一支枪管对我伸过来，我又该怎么办？所以，我只能抬高声音，对她吼起来："别跟着我，滚回去！"

她却比我吼得更凶："我他妈死也不回去了！我把话撂在这儿了，今天，不是你死，就是我亡——"

见我没话说，她神经质一般，转过身去，招呼我儿子："快过来，拦住它！"

听了她的话，我儿子也动了动。看他动了，我赶紧龇着牙，没有吼他，只是作势晃动了下脖子，想唬住他。这下子，他也犹豫了起来。哪知道，林小莉却疯得更厉害了，继续命令他："来，跟它拼了，千万别让它跑了。它跑了，全厂子的人，又该说咱们一家人只会撒谎吹牛×了！还有，你爸，也白死了！"

我儿子还是没动，林小莉便又对着他补了一句："……就算死了，也得让全厂子的人知道，山上有老虎，咱们……是被老虎咬死的。"

林小莉的话说到这个地步，我儿子，只好一咬牙，朝我走了过来。可是，这是我儿子啊，我怎么能让他近我的身？再看眼前，林小莉当路站着，双脚岔开，与肩同宽，再把两只胳膊伸得直直的，就好像，她这样便能将我拦住。在我身后，我儿子，却在离我越来越近，越来越近，我也只好什么都不顾了，根本没用力，只是随便往前跑过去，就把林小莉撞倒在了路边的围墙上。而后，我撒腿跑远，再也没有回头。这一路，哪里人多，我便跑向哪里：是啊，事已至此，我就遂了林小莉的愿吧，就让更多的人看见我，也好让他们个个都知道，山上不光真的有老虎，还闯进厂区里来了。这么想着，我这一路，可算是出了大热闹：宵夜摊上，一看见我，所有人都像是遭了电击，条件反射一般，刷地起身，再退避，再惊叫，再趔趄，天上地下，乱作了一团。为了让食客们把我看得更清楚点，我仍没放过他们，一连撞翻了好几张桌子，酒瓶打碎，铁锅落地，酒和汤流得遍地都是。一个腿脚残疾的小伙子，倒在地上，绝望地后缩，我并没拿他怎么样，而是轻巧越过，奔向了对面的澡堂；澡堂里，前度老刘今又来，而我这一来，就可怜了满澡堂里那些光着身子的人，奔也不敢奔，躲也没处躲，纷纷往池子里跳。池子里，热气缭绕，他们以为，被热气盖住，我就认不出他们。错啦，老虎的眼睛多好啊，这个是制氧车间的，那个是采购科的，还有钢管工废钢工质检员，等等等等，哪一个我认不出来？说到底，是他们认不出我来了。想到这里，一股巨大的伤心，又把我包围了。好吧，我不好过，他们也别好过。于是，扑通一声，我跳进了最大的那座池子。这座池子，自从我当上打虎队队长之后，就没少下来泡过，谁能想到，再跳下来时，我连人都不是了？见我下了水，池子里的人要么扎猛子，要么蹿上岸去，像一群群大白鹅，扑扇着翅膀，嘎嘎嘎地叫着，奔向了更多的热气里。我却还是不放过，一直追，追上一个,便对着他龇牙咧嘴,对着他摇头摆尾,然后,不管他了,再去追上另一个。

这天晚上,真是个比一辈子都长的晚上:从澡堂出来,我又跑去了好多地方,一号高炉,二号高炉,医院,剧场,台球厅,美容店。凡是在这些地方进出过的人,就没有不看见我的,这么一来,一整座工厂都变成了此前的宵夜摊,座座楼,条条街,都被我闹了个杯盘狼藉。尽管如此,当我躲在厂医院的楼顶上,看见新厂长被众人拥在中间打医院门口跑过去的时候,连我自己都没想到,我还是被他吓得打了个哆嗦,只因为,那新厂长和老厂长一样,也戴着一顶红色安全帽。黑洞洞的阴影里,我蜷缩着,提醒自己,你他娘的,是一只老虎,再不用那么怕他了。但是,当他无意中一回头,红色安全帽一闪,我照样被他吓得赶紧低下了头。慢慢地,我也冷静了下来,我知道,从现在开始,我再也不会有什么好日子了,弄不好,就在今晚,连夜,一支新的打虎队就要成立起来了。既然如此,我这口破罐子,就接着破摔下去吧——蹭蹭蹭,蹭蹭蹭,我从楼顶上下来,直奔三楼,走廊里,一个护士,一看见我，当即就把手里的推车推出去好远，再捂着耳朵，逃到护士站的医疗台底下，说什么都不出来了。我也没管她，以及更多的护士们，径直地，撞翻了推车，踢倒了一排长条椅。为了配合我的蛮力，连走廊灯都突然坏了好几盏，只剩下一盏，还忽明忽灭，直吓得一个不知藏在哪里的护士，拼了命去叫嚷着："别吃我，别吃我……"到了，张红旗的病房到了，我拱开门，走进去，一眼看见张红旗。这么长时间过去了，他的满脑子满脖子还缠着绷带。我绕着他的病床转了好几个来回，停下，嘿嘿笑着，问他："还认得我吗？"他当然无法回答我，我看看他，再踱到窗户边，去看看医院楼下奔跑的人流，回到病床边的时候，也不知道怎么了，突然就哭出了声，"张红旗，老虎来啦！"我一边哭着，一边跳上他的床，把脸凑到他的绷带边，"真老虎来啦，送上门来啦，快起来打老虎啦，车间主任级别，等着你呢……"说了几句，我便再也说不下去，直哭得稀里哗啦。而窗外，武装起来的人们，就像从前的我，手持着五股钢叉，正从各处的夜幕里奔出来，跑向医院，跑向我。如此，我也只能与张红旗作别，最后看了他一眼，再从病床上暴起，穿透窗玻璃，越过一整条马路，也越过了众人的惊呼，落在街对面的米面店屋顶上，之后，抖落一身的玻璃碴，瞟了一眼步步后退的人们，便转身掉头，朝着镇虎山的方向，狂奔了起来。

和我猜的一样，当晚，厂子里就成立了打虎队。只是，我怎么能想到，我儿子，竟然成了打虎队的新一任队长！第二天早上，天刚蒙蒙亮，打虎队就上了山，我儿子，冲在最前面。毕竟，我在这山上，待了这么久，沟沟坎坎，坑坑洼洼，就没有不装在我心里的。对打虎队的到来，我早有防备，早早地，我给自己找了处悬崖上的岩洞，躺卧着，打量着他们，再等着他们无功而返。可即使这样，当我一眼看见我儿子，我的心，还是揪成了一团。蹿到洞口，对着那些花草，这里嗅嗅，那里闻闻，怎么也无法稳下神来。这一回的打虎队，和我那一回相比，人数显然多出了不少。再加上，我儿子原本就上过山，还有冯海洋和冯舰艇兄弟，王义，李好运，一个个的，也都重新披挂上阵了。如此，对于一整座镇虎山来说，这支队伍，其实是熟门熟路。他们上山后不久，按照我儿子的吩咐，三三两两，分成了好几个组，又各自划定了搜索范围。接下来，挖陷阱，栓铁丝，布夹子，新一轮的如此这般，便又开始了。我张望了好一阵子，却发现，队伍里，并没有马忠的影子。看来，这么长时间了，他还在这山上转悠着。当然了，也说不定，再过一会儿，等他发现新的打虎队上山，一路小跑地，他也会加入进去。哪知道，事情并不是这样，没过多久，当王义和冯舰艇两个人来到我所在的悬崖之下，我才知道，马忠的下落，绝非我想的那么简单。

原来，昨天晚上，在夜市上，摆摊卖短裤卖袜子的王义看见了我，有那么一瞬间，我还撞翻了他。倒是那冯海洋，下岗之后，就离开厂子，去了市区里卖烤红薯，但生意并不好，昨天才收了摊，回到厂子里重找活路。他的运气，实在太好了，一回来，正好碰上了厂里成立新的打虎队，厂里还说，哪怕从前下了岗的，这一回，只要打老虎有功，一律都重新上岗。那还等什么呢？那冯海洋，一听说这消息，马上就砸烂烤红薯的炉子，跟着我儿子上了山。现在，我这两个老兄弟，穿密林，过吊桥，钻金刚藤，过芒草地，不知不觉间，就来到了我所在的悬崖底下。两个人坐下来歇口气的时候，冯海洋问王义，马忠这狗日的，眼睛都被老虎害得瞎了一只，咋还不来参加新的打虎队？王义却吃了一惊，反问冯海洋："马忠的事情，你还没听说？"

冯海洋糊涂了："我只听说，他中了邪，死活赖在这山上不下去。"

"对对对，"王义不停地点头，接着，他又摇头，叹起了气，"马忠这邪，中的可是不小——"

"咋回事？"冯海洋也好，我也好，全都竖起了耳朵，冯海洋再问，"他中的是什么邪？"

王义竟然做神秘状，站起身，四下里扫视了一遍，再坐下来，压低了声音，告诉冯海洋："这狗日的，可能变成兔子啦！"

冯海洋盯着王义，接不了他的话，就算是我，再变回人去，只怕也接不了他的话。

"我听说，那一回，他从山上下去，在自己的屋子里关了好几天。他老婆敲门，他不开，他儿子敲门，他也不开——"

王义的声音，越说越低，"后来，实在没办法了，他儿子去砸了门，门一打开，你猜怎么着？"

冯海洋接口就问："怎么着？"

王义脸上的表情，猛然间，变得怪异起来："屋子里啥都没有，只有一只瞎了眼睛的兔子，躺在床上，还盖着被子。一见门被砸开了，掀起被子，赶紧从窗户里跳出去了。打那天起，他老婆，他儿子，全厂子的人，都算在内，就没人再见过他啦……"

王义的话还未落音，冯海洋已经站起了身来："你他妈糊弄谁呢？"

"别急别急——"王义一扯冯海洋的袖子，"他老婆后来找人算过了，说那只瞎了眼睛的兔子，就是他，好吧。要不是他，你说他到哪儿去了？跟刘丰收一样，被老虎吃了？"

恰好，一阵凉风吹过来，我清楚地看见，冯海洋打了个寒战，往四下里再一扫视，拉扯着王义，着急忙慌地，跑向了人多的地方。他们并不知道，悬崖上的我，全身上下，也在止不住地打着战——在并不遥远的过去，我活生生吃掉过一只兔子，而且，那只兔子，跟马忠一样，也只剩下了一只眼睛。天老爷啊，我吃掉的，莫非是——？想一想，我就不敢再往下想了，可是，越是不敢想，我的脑子里，就越是像在过电影。当初，追兔子吃兔子的一幕一幕，都在扑面而来：那只兔子，在野苜蓿地里跑，往金刚藤上跳，还有我，在岩石的死角里堵住它，又追下悬崖去抓住它。最后，我吃了它，它的肉，是甜的，它的血，是甜的，就连它的皮毛，也是甜的。这可怎么办？这可怎么办？我转身回到岩洞里，拿脑袋去撞着洞壁，想让那一幕一幕，从我的脑子里消失。只可惜，做不到，那兔子，硬生生地，从虚空里现了身，站在我对面，还在嘲笑我。一只眼睛，忽闪忽闪，两只耳朵，迎风招摇，最后，我受不了了，再蹿到洞口，对着远处和近处的山峰就喊："马忠，你他娘的，到底死到哪里去了？"喊完了，大错也就犯下了：山峰与山峰之间，山谷与山谷之间，回旋飘荡的，是赤裸裸的虎啸声。这虎啸声既起，入了我自己的耳朵，我才想起，行踪有可能就此暴露，不由得大惊失色。正在犹豫着，是否离开这座悬崖，一切却都晚了。一声枪响，清脆地响起，我根本来不及躲闪，愣怔在原地。好在是，子弹并没打中我，而是呼啸着，牢牢嵌进了崖壁。我一抬头，正好看见，我儿子，端着我昨晚才给他调好的枪，正从对面山峰上的灌木丛里闪身出来，嘴角上，还挂着一丝冷笑。

除了逃得远远的，我哪还有第二条路可走呢？不过，我之所以选在这座岩洞里藏身，是因为，这座洞，有前洞，有后洞。从后洞出去，看似仍是悬崖，实际上，这镇虎山里，最大的一片榕树林就生长在这里。几乎每棵树的树冠，都长到了快接近洞口的地方，树冠与树冠，交错连绵，织成了一张巨大的树毯。紧急之时，我要是从洞口跳下，再在树毯上奔走一会儿，一整座山峰，也就被我扔在后头了。原本，儿子当前，我已经望风而逃，仓皇着转身，奔向了后洞。偏偏这时，对面的山峰上，我儿子却发出了一声惊呼。下意识地，我扭头去看他，正好看见，他脚踩着的一片沙丘，骤然崩塌了，流沙和岩土一并往下倾泻。我儿子也站立不稳，摇晃着身体，跟着往下坠去。很快，他就被半山腰里的一大丛野山桃树给遮住了，是死是活，我根本就看不见。这下子，我还能逃到哪里去？我只有乖乖往回跑，跑出前洞，将自己暴露在悬崖上，一声，两声，再去喊我儿子的名字。但是，一点回应都没有。没办法了，今天，就算死在这里，我也得跳过去，看看我儿子的下落到底在哪里。于是，我后退了两步，发力冲刺，两只前爪也高抬起来，时刻准备着，一旦在对面落地，就要死死抓住那丛野山桃树。谁知道，我那两只前爪，刚一抬高，对面的枪声，又响了，再看我的右前掌，已经中了弹，霎时之间，血流如注。我甚至都来不及觉得疼，第二颗子弹又破空而来，擦着我的皮毛，飞向了洞口处的一小片花柏之中。到了这时，一支枪管，才从对面的野山桃树背后显露出来，枪管背后，是我儿子仍在冷笑着的脸。

第十七章

　　夜深之后，我又回了家，进了家门，也不敢开灯，摸着黑，奔到了厨房里，再拧开水龙头，一遍遍，清洗着我右前掌的伤口。借着从窗外洒进来的一点月光，我看见，我的这只手，不不，这只右前掌，只怕是保不住了：拨开皮毛，连骨头都露了出来，还有骨头边的肉，黑乎乎的，既是血在慢慢凝固，更是它们正在腐烂，散发着腥味，直冲我的鼻子。洗完了，我又从柜子里找来酒精，一滴滴，滴在伤口上去消毒。我得说，每一滴下去，那疼，都让我恨不得现在就死了拉倒。消完毒，我用嘴巴叼着纱布，一圈圈，在伤口上缠好。接着，仍是用嘴巴，再将纱布系牢，还打了个死结。这才喘息着，踱进卧室，也不再管我是不是会脱毛，爬上床，就躺下了——自从我的右前掌被儿子的枪击中，这些天下来，我没有睡过一个好觉——为了把右前掌救回来，每天晚上，我都得趁着打虎队队员们睡着了，再悄悄地前往河水边的那片积雪草里去。哪一棵长得好，我就把右前掌伸到哪里去，妄想着它们真的能帮我消炎镇痛。可是，一点用都没有，到头来，我只能看着我的右前掌，一天天变黑，一天天烂下去；还有，我老婆，林小莉，给我儿子带了一堆补品上山，什么太阳神口服液，什么安神补脑液，全带来了，把我儿子补得，成宿成宿不睡觉，背着枪，上绝壁，下壕沟，样样都没落下。可怕的是，他毕竟是我儿子，时时刻刻，都像是能闻见我的味儿。往往是，我刚找了个落脚的地方，他便追来了，要么就是，我前脚才离开一处地界，他后脚就跟上来了。

我这儿子，可真是我的孽障啊：那天，就算我的右前掌中了枪，短暂地呆愣了一会儿之后，我还是顺利地逃回了洞里。可我终究是太贱了，想了想，又忍不住，想回到中枪的地方，再去看一眼他。也好知道，他在那野山桃树的背后，还会不会随着流沙和岩土继续往下坠。结果我刚一露头，枪声就接连响了起来。原来，他早已从半山腰里爬到了峰顶，再攀到一棵香樟树的树杈上站好了，只等着我送上门来呢。幸亏，第一枪响过，被击中的，是他眼前的一根树枝。树枝挡住了他的视线，如此，枪声虽说又噼里啪啦地响了一阵，而我，却早已钻进后洞，再从洞口跳下，稳稳落在了榕树们的树冠上。等我站好，抬起头往上看，这才发现，崖壁上，全是从我右前掌上渗出来的血。当天晚上，我来到了河水边的积雪草地里，刚想把右前掌伸进草里，去消炎，去杀毒。远远地，我儿子，从山坡上下来了，站在河谷里，东看看，西看看，最后，他过了河，朝我走过来。还好，我很清楚，哪一片草地下面，有我之前挖好的陷阱。所以，赶在他到来之前，我匍匐在地，一寸寸地往前挪，总算找到了陷阱的入口，在里面藏好了。只是那陷阱并不够大，藏进去之后，我有点顾头不顾尾，只好将两只前爪搭在坑沿上。接下来，还是我的右前掌，可就受了大苦遭了大罪了：我儿子，长了后眼睛一般，对着它，踩过去，踩过来，我能咋办呢？我也只好屏住呼吸，忍住快要让我晕死过去的疼，由着他，踩过去，踩过来。

还有我老婆，林小莉，更是我的孽障。我儿子上山之后的第二天，她也上了山，一口气都没歇，她就跟着队员们，搜了一整天的山。黄昏的时候，她又把所有的队员召集在一起，宣布了一件事情：打今天起，一天打不着老虎，她也就一天不下山了。听她这么说，众人当然都鼓起了掌，她也对掌声表示满意，一跺脚："今天晚上，嫂子给你们做顿好吃的，再请你们喝好酒！"是啊，我刚当上打虎队队长的时候，她就请大家喝过开工酒。现在，她儿子，又接过了队长大旗，这大喜的日子，怎能不让大家吃好菜喝好酒呢？入夜之后，篝火燃起，种种野味下了锅，香气四溢，飘向了远在悬崖上的我。篝火也照亮了河水，照亮了密林，更照亮了林小莉喝得红彤彤的脸。那个游魂一样的她，再也不见了，此刻的她，是一脸笑的她，更是太皇太后的她，拍拍这个，再拍拍那个，吩咐我儿子给这个倒酒，再给那个倒酒。既然如此，队员们自然也不能不识相，尤其是那冯海洋，喝掉一碗汤，一抹嘴巴，就给林小莉唱起了快板书："竹板这么一打呀，别的咱不说，说一说咱的好嫂子，那红颜侠胆替夫从军的小莉姐……"

后半夜,我从悬崖上下来了,每走一步,都轻得不能再轻,我的目的地,还是那片积雪草地。河谷里,最后一点篝火,还在烧。火堆里的松节,发出了轻微的噼啪声,但也足够吓我一跳。只能就地站住,四下打探,看清楚没有任何埋伏之后,我才再往前走出去几步。不料,这时候,我老婆,林小莉,还有我儿子,一前一后,钻出了窝棚。林小莉的身上,背着我从前的背包,我儿子的手里,则拎着一支铁锹,肩膀上,还挎着那只我给他调好的枪,这母子二人,径直朝我所在的地方就走了过来。没办法,我也只好,又一次,躲进了自己挖出来的陷阱里,再看着他们,从我头顶上踩过去,来到了密林边上。透过陷阱的一点点缝隙,我看见,我儿子挥起铁锹,对着一片淤泥地,开挖了起来。只是,我实在想不明白,这深更半夜的,他们两个,怎么突然就挖起了陷阱呢?结果,是我想错了,我儿子正在挖的,其实是我的衣冠冢——没费多长时间,一个没有多深的墓,就算是挖好了。林小莉把我的背包扔进去,坐下来,先笑了起来,再对着我的衣冠冢说话:"刘丰收啊刘丰收，我觉得，你压根就没死……"

听她这么说，刹那间，我竟激动得难以自禁，连那右前掌的疼，都轻了好多，可没想到，她又接着说："你儿子，还在打老虎，只要他在打老虎，你就没死。"

好吧，我能说什么呢？我也只好低下头去，盯着我的右前掌发呆，而林小莉，还在自顾自地往下说："……早知道是这个下场，年轻时，就不该拦着你写诗……怪我，非要让你做个炉前工，说是旱涝保收，要不然，你也碰不着下岗，用不着非要上山打老虎——"

说着说着，她的嗓子里，竟带了哭音："刘丰收，我今天跟你认个错吧……你看过的书，北岛的，舒婷的，《三侠五义》，《说岳全传》，还有那个什么，《诗歌名句欣赏》，我全都放在你包里了，埋下去，你再接着看。但是——"

"但是，"说到这里，林小莉猛然抬高了声音，"但是，你得保佑你儿子，让他把老虎打着。你这辈子，我这辈子，算是都白活了，咱儿子这辈子，可不能再白活了啊刘丰收……"

停了停，她像是想起了什么，把手伸进墓坑，其实是伸进我从前的背包，拽出了那只红色安全帽，递给我儿子："戴上，好好让你爸看看。"

我儿子，听她的话，接过那只红色安全帽，给自己戴上了，再在我的衣冠冢前头站了好一会儿，意思是，让我多看他一阵子。"儿子，给你爸训个话，"林小莉吩咐他，"在那边，多看书，少喝酒……"我儿子也就照着说了一遍："在那边，多看书，少喝酒。"随后，林小莉取下我儿子头顶的红色安全帽，对着我的衣冠冢，晃了两下，再丢进墓坑。"我把它也给你埋进去了，"林小莉不忘叮嘱我，"在那边，接着戴。"至此，落葬完成，我就算是入土为安了，三锹两锹，我儿子将墓坑填满，再用新土堆出个圆丘形状，按照林小莉的吩咐，跪下去，给我磕了三个头，这才搀着他妈，回到了窝棚里。又过了一阵子，估摸着他们都睡着了之后，我喘息着，从陷阱里爬了出来，却并没在积雪草边上待多久，而是胆大包天，去了林小莉和我儿子的窝棚边。一来是，我算是看清楚了，这积雪草，拿我的右前掌，其实并没什么办法；二来是，我想喝酒，我太想喝酒了。不喝酒，我怕我又哭出来，只要我敢哭出来，我儿子就会追出来要我的命，我能怎么办？我还是只有喝酒。所以，什么都不管了，我硬着头皮，靠近了窝棚。上天自有安排，那个硕大的塑料酒壶，就倒在窝棚门口，我把脑袋伸进去，再用嘴巴将它叼出来，竟然一点都不费力。宝物到手，我转身便跑进密林，蹿上山岗，直抵我过夜的悬崖。一路上，天上下起了雨，而且越下越大，我却横竖不管，一边跑，一边捧起塑料酒壶，仰着头，一口一口，把酒往嘴巴里倒。上了悬崖，我还是背靠崖壁，端坐好，继续喝。没喝多久，大雨变成了暴雨。雨幕当前，大地混沌，前不见古人，后不见来者。不过没关系，我有酒就行，有了酒，我的疼，就会变轻，有了酒，我就敢对被雨幕完全掩盖住的花草树木和飞禽走兽说：没有用的，别再犟下去了，你也好，我也罢，你们也好，我们也罢，都是没救的。

只是，酒醒之后，一切都没有变：好多天过去，我右前掌的伤，丝毫没有变好。我儿子，还是像能闻见我身上的味儿，我跑到哪儿，他就能跟到哪儿；还有我老婆，刚上山时，她还只是拖拽着别人，跟在队伍后头。现在早已不是，好多时候，她甚至冲在我儿子的前面，手持一把砍柴刀，为队伍开道，什么乱枝，什么刺丛，佛挡她便杀佛，魔挡她便杀魔，活脱脱，成了一个女匪首。更要命的是，这天，先是一辆满载着香水的货车开到了山脚下，所有的打虎队队员们被集合在一起，暂时下山，接受新任务。我心知，一定出了大事，便远远跟着他们，一直快跟到了山脚下。果然，出大事了。戴红色安全帽的厂长随后赶到，就站在货车边上，给打虎队队员们训起了话。首先，他向大家如实承认，买下我们厂子的这笔生意，他和他上面的老板，全上当了。现在，我们的厂子，不管生产还是经营，都到了快完蛋的地步。雪上加霜的是，因为虎患，厂子里人心也乱了，一个个，全都怕老虎卷土重来。所以，除掉虎患，提高生产效率，是眼下第一急迫的事。然后，他又对大家宣布了一个新的十日攻坚计划：接下来，他将亲自督战，采用香水战术，给每一座山头都喷满香水，他就不信，好几吨香水喷出去，那么多香猫酮在这山上横冲直撞，那老虎，还能不被它们熏出来？一句话，十天之内，非把虎患消除不可，消除不了，厂子完蛋，他也完蛋，大家都要完蛋。厂长的话训完了，我老婆，林小莉，带头鼓起了掌，厂长一挥手，她再乖巧地止住。然后,她和我儿子一起,给队员们分发农药喷雾器,再凑到货车边,将喷雾器灌满香水。然后,几十号人,当着厂长的面,排队,成列,报数,雄赳赳地,杀上了山去。

这香水战术,实在是太狠了,进行到第二天,我就快活不下去了——现在我信了,香水里,那种叫作香猫酮的东西,对老虎,真的是具备天然的吸引力,喷在哪里,哪里就像是有一根绳子,把我的脖子套牢了。我只能跛着一条腿,跟着这根绳子,老老实实往前走。走着走着,嘴角麻了,腿也软了,心里还痒痒的,就好像,一只母老虎,正等着我去临幸它。麻烦的是,单单一个地方还好说,现在,树上树下,山巅山脚,全都是香水的味道,四面八方,处处都有套牢我脖子的绳子伸过来,四面八方,都有母老虎等着我去临幸。我又能如何是好?这还不算完,那些香水的味道,熏得我犯困,成天打着哈欠,奔走一会儿,我就得停下来,一遍遍,对自己说:千万别睡着,千万别睡着,睡着了,你的死期也就到了。幸亏了我的右前掌,还在继续腐烂,还在疼。那从没停下来过的疼,针扎一样,哪怕在我睁着眼睛都能睡过去的时候,还会将我扎醒,让我继续躲藏,继续奔走。时间长了,幻觉便又来了。有时候,我像是看见,我老婆站在我前面,双脚岔开,与肩同宽,再将两只胳膊伸得直直的,把我的路也挡得死死的;最让我胆寒的,是只要我经过一座悬崖,悬崖上还长着野山桃树,我便怀疑,一支枪管,正在树背后对着我,再过一会儿,枪就要响了,我儿子的脸,就要露出来了,跟我的右前掌一样,我身上的什么东西,又快保不住了;但是,在幻觉里,我见到最多的,还是一只兔子——那只兔子,一时从草丛里钻出来,一时从树枝上跳下来,总是背对着我,又跑在我的前面,有时候,我被香水熏迷糊了,它就远远站下,等着我清醒过来。这天,我忍不住了,跟在它后面,问它:"你就跟我说句实话……你到底,是不是马忠?"

"马忠……"它仍背对着我,根本不回头,"马忠不是被你吃了吗?"

怕什么,偏偏就来什么,听完它的话,我愣怔了好半天,再问它:"要么……你是它的鬼魂,找我报仇索命来了?"

那兔子的身体颤了颤,还是没回头,嘿嘿笑起来,再回答我："要么……你猜猜看？"

说完，它就跑得没影了。我知道，这是我的幻觉消失了。可是，就算我清醒过来，一想起那兔子，还有它说过的话，还是被一股巨大的寒意袭上了身。接下来的路，不管通向哪里，都跟通向阴曹地府的路差不多：树枝摩擦树枝，像鬼魂在窃窃私语；河水不知道在哪里流动，哗哗声却是回响不止；冷风吹过悬崖，发出永不停息的呜咽之声，就好像正在为牛头马面的登场吹响前奏。这一切，都让我抬不起头，乃至肝胆俱裂。今夕是何夕？此地又是何地？我，怎么就落到了这个地步？更磨人的是，花朵的味道，草籽的味道，蜂蜜的味道，鸟屎的味道，满山满林里，几乎所有的味道都被香水味道淹掉了。我才刚刚摆脱幻觉，困意又来了。为了抵抗这困意，我想跳进河水，好让自己冷静。结果，还没走到河边，我实在没力气再跟睡眠做斗争，双腿一软，睡着了。等我醒过来，太阳正在落山，不远处，我听见有人说话。拨开身边的刺丛一看，冯海洋和冯舰艇兄弟俩，离我只隔着几棵黑松，正趴在地上吹火。看样子，他们是要给自己做上一只叫花鸡来吃。不过，真是好险哪，刚才，我睡着的时候，要是被他们发现了，现在的我还有命吗？想一想，我便冷汗涔涔，汗毛也纷纷倒竖。我一边躲开他们，往山崖上跑，一边对自己说：再也不能这样活，再也不能这样过。夜幕降临之后，我站在好几天都在此过夜的岩洞门口，眺望着打虎队队员们在密林间出出入入，眺望着山底下的炼钢厂，算是有了主意：有个词儿，叫作调虎离山。好吧，我就把自己给调出去吧，正所谓，越危险的地方，越安全。我就甩掉我老婆，我儿子，以及所有的打虎队队员，回家过夜去吧。一念及此，我便不再等了，借着夜幕的掩护，我打着哈欠，嘴角也发麻到直淌口水，一路往前疾冲。路过打虎队扎寨的那座河谷时，我从上游开始，就早早跳下了河水，屏住呼吸，扎着猛子，缓缓地，缓缓地，游过了吊桥，游过了正在过河的王义和李好运，也游过了众多窝棚和冒着热气的汤锅，这才湿漉漉地上岸，片刻没停，抖掉身上的水，朝着炼钢厂的方向狂奔而去，越靠近家，我的脑子，才越是清醒了起来。

只是，以上种种：狂奔回家，清洗伤口，给伤口消毒，再将它包扎好，然后，躺到自己的床上去睡觉，它们，不过是，仍然是我嗅进太多香水之后的幻觉——事实上，我从来就没有下得了山，也没有回过家。自香水战术实施以来，我总是以为，我回到了家中，但其实，我压根就没离开过悬崖上的岩洞一步。我也并不是不知道，打一枪，要换一个地方，可是，只有这座洞，海拔甚高，以便我眼观六路。一天到晚，风吹得大而急，铺天盖地的香水味道才能被冲淡一些，我这日子，也算是勉强能够过下去了。最恼人的，是困意仍没放过我，在这洞中，我是醒了睡，睡了醒，剩下的时间，全都交给了幻觉。可偏偏，这幻觉，一时起高楼，一时又楼塌了：我明明躺在自家的床上，眼睛一睁，穿衣镜不见了，床头柜不见了，就连那些在我身边胡乱堆放着的林小莉的衣服，也不见了。顷刻间，我急死了，赶紧下床，往卧室外面跑。可是，桌子椅子全家福在哪里？还有，厨房在哪里？厨房里的锅碗瓢盆在哪里？再定睛看时，我的眼前，跟前几天一样，还是滴着水的岩壁，还是一根从石头缝里钻进洞窟的油麻藤，还是我刚刚离开的一块仅供容身躺下的石头。是的，我从来就没回到过家里，自始至终，我都身在这座岩洞里，自己给自己灌迷魂汤，更可怕的是，就在我这一回睁开眼睛的时候，我的末日，也来了：我还在惺忪着，一张巨网，从天而降，直朝我砸下来。我抬起头，刚看见它，却已来不及躲避它。这张巨网，直直坠下，死死地，将我罩在了其中。心里一紧，我开始左奔右突，却奔不远，突不破。整张网都是用尼龙绳编成的，太结实了。这一切，来得太突然了，突然到，吼叫也好，暴怒也罢，我连想都没想起来一下，只是混沌着，糊涂着。但是，哪怕再混沌，再糊涂，有一个声音，也一直抵在我的耳朵边上说话：你完蛋了，你的末日，到来了。

第十八章

对，我的末日，到来了。哪怕现在，再也没有幻觉来纠缠我，我千真万确地知道，我已经身在了钢厂里，但我更知道，我的这场戏，很快，便要迎来全剧终的时刻了。爹妈保佑，大慈大悲的观音菩萨保佑，昨天，几乎只剩下一口气，我还是从镇虎山上跑下来，逃进了炼钢厂。但是，自我跑进厂子里，一场全厂人都出动的围剿，也开始了。在一口七十年代末期建起来又在八十年代作废的高炉底下，我大气都没敢出，躲藏了整整一天。多亏了那口高炉，废弃的时间长了，无一处不是锈迹斑斑，前后左右，长满了半人高的荒草，远远看去，就像是一片坟地。这些年，都没什么人踏足到这里来，我才总算找到了个能让自己喘口气的地方。说起来,这口作废的高炉,是我年轻时,第一回做炉前工的地方。所以,入夜之后,我明明知道,在厂长的带领下,全厂子的人分成了上百支队伍,正将整个厂区划定为十块各自负责的区域来围剿我,我还是忍不住,悄悄摸摸地,回到了当年的炉膛前。再看四周,我当年用过的工具,钢钎,扁铲,夹钳,长短钩,没少一样,齐齐整整,背靠残壁,排列在一起。天知道我是怎么了!我竟慢慢踱过去,直立起身体,用嘴巴叼住钢钎,不再爬行,仍然直立着,只用两只后腿踩地,回到了炉膛前。接下来,我忍住剧痛,两只前爪把牢钢钎,一下一下,对着并不存在的钢块,敲击了起来,就好像,我越敲,无处不在的铁锈就会退去,像当年一样,绿色的油漆,红色的油漆,又会刷满我能看见的所有地方。我越敲,炉膛便会重新燃烧起来,之后,铁水奔流,钢花飞溅,满车间里穿行的,都是我当年的工友——你测温,我取样,你采钢水,我清烟道,人人都有一身的力气,怎么使都使不完。

不像昨天,就算身为一只老虎,老婆当前,儿子当前,打虎队的众兄弟们当前,我这一身的力气,怎么使都使不出来——在岩洞中，被尼龙绳编成的网罩住以后，见我断断是逃不脱了，打后洞里，这才现出好几个人影来——不是别人，他们正是我儿子，还有王义、李好运，冯海洋和冯舰艇兄弟俩。见我已经动弹不得，最后，他们才请出了我老婆林小莉。什么都不用说了，这一行，尤其我儿子，盯上我，跟着我，绝不是一天两天了。再看林小莉，竟然一点都不怕我，拨开众人，径直来到我身边，蹲下，脸冲着我的脸，全不拿我当成一只老虎，反倒像个正在看病的医生。看看我的眼睛，看看我的鼻子，接下来，恨不得要我张开嘴巴，亮出舌苔来给她看："看到了没有？"她终于看够了，照旧不管我，一仰头，对着众人喊起来，"吊睛白额虎！"众人都没看清，但也对着她纷纷点头。随后，她站起身来，盯着我儿子，还有我的众兄弟们，也不说话，但她的意思，却是再也明白不过：还等什么呢？你们，可以动手了。是的，他们准备动手了：见我裹着巨网步步后退，他们便各自手持着五股钢叉，步步逼上前来。可是，林小莉，我是你男人，你何苦，要对我如此？儿子哎，你好好看看，我是你爹啊，你连你爹，都不放过了吗？还有，众兄弟们，我的名字，叫作刘丰收，当过你们的队长。王义，你他娘的，还给我站过岗。冯海洋，你他娘的，也给我唱过快板书。这些，你们都忘了吗？我退到洞壁边，一股脑地，对他们喊出了这些话。可是，人虎殊途，鸡同鸭讲，看他们的脸色我也知道：我的哀求，全都被他们当作了震怒。

而我，根本不想死，更不甘心，糊里糊涂地，就这么被他们捅死。眼看着一支支五股钢叉，说话间便要朝我捅过来，我只能逼迫自己，快快闭上嘴巴，冷静下来。正好，我一眼瞥见，所有人当中，只有冯舰艇用左手拿着五股钢叉，他的右手，捂着自己的肚子，再看他的脸色，蜡黄蜡黄，额头上全是汗。我知道，他的肝病，肯定犯了。好吧，我只能拣一只最软的柿子，去试试自己的运气了：是的，我仍然被巨网罩得死死的，但拼了命，我也还是连滚带爬，对着冯舰艇冲了过去。冯舰艇就此被吓住，体力也不支，手里的五股钢叉哐当一声，掉在了地上。还没人能反应过来，我却已经用嘴巴隔着网眼叼住了它。这下子，见我凭空里多出了一件武器，众人止住了步子，都蒙了，也都不再向前。我继续不依不饶，那武器，再翻滚一次之后，它已经能够被我把牢，再直直向前刺杀出去，奔向了王义。王义哪里见过这种阵势，连声冲我儿子叫着："队长！队长！"两条腿，早已软下去，一屁股坐在了地上。就这么，一整条战线，转瞬之间，被我撕开了口子。口子一旦撕开，我便没有任何犹豫，连带着巨网一起，飞扑而起，越过所有人，再落地时，已在后洞的洞口，只差一步，我便可以逃命了。这时候，我儿子，却疯魔了，嘴巴里大喊着："×你妈！×你妈！"他的身体，紧追过来，一把攥住了我的虎尾。我想甩掉他，压根也甩不掉。不管了，什么都不管了，我闭上眼睛，跳出洞口，直冲悬崖下面巨大的树毯而去。不承想，我儿子，真是一身的蛮力啊，他的手，竟没有松开。一跳出洞口，他反而借着劲，骑上了我的背，活脱脱武松在世。一坐端正，他便对着我的脑袋猛击下去，一拳，两拳，三拳。那情形，就跟张红旗唱过的一模一样："虎啊，你要显神通，便做道力有千斤重，管教你拳下尸骨横，拳下尸骨横……"

很快，我儿子，又没了声息——和以往我每次从洞口跃下不一样，这一次，我的背上，多出了我儿子，太重了，我们的身体，穿透树毯，直直地，砸在了一块巨石上。我儿子没坐稳，从我背上跌落，他的头，磕在巨石上，往后一倒，就晕了过去。我听见，悬崖上的洞口里，林小莉正在大喊大叫。她到底在喊叫着什么，我却听不清，只因为，我的头，也砸在了巨石上，嗡嗡嗡作响。她的声音，所有别的声音，一时远在天边，一时近在眼前，我懵懂了好一阵子，才总算勉强地将身体站直。再去看我儿子：紧闭着眼睛，全身上下，一点动弹都没有。慌忙地，我仍连带着巨网一起，靠近他，去贴紧他的鼻子，直到听见了他的鼻息声，这才低下头去，露出利牙，用它们，一点点，一根根，去咬断巨网上的尼龙绳。咬了好一阵子，巨网终于被我咬出一个窟窿。我连一口气都不敢歇，赶紧蹿出去，再一把抱起还在晕着的我儿子，左看右看，看见他身上并没有什么明显的伤，才稍稍放了心。可是，接下来，我该怎么办呢？如果他就这么一直晕下去，到底会不会有性命之忧？思来想去，我还是决定，冒再大的险，我也得把他送到他平日扎寨的河谷里去。于是，我先匍匐在地，再用嘴巴一拽他的衣服，他便趴在了我的背上。我就这么背着他，面朝河谷所在的方向进发。一路上,实在是,太辛苦了:我既要时刻提防着从密林灌木沟壑里奔出来的人影,另一边,香水一熏,我又头重脚轻,困得也睁不开眼。整个人,就好像没活在这人世上一样。

"儿子哎,"我怕自己睡过去,想跟他说几句话,又找不到话说,想了想,跟他打个商量,"我干脆,唱首歌给你听吧……"

我儿子自然没有任何回音,趴在我背上,安安静静的,好像他小时候,我去幼儿园接他回家,他在我的怀里睡着了。既然如此,我就自顾自地唱起来吧,临到要唱,我又想起来,他喜欢的歌,我一首也不会,只好去唱自己会唱的歌:"清晨我们踏上小道,小道弯曲划个大问号。你们去架线,还是去探宝?你们去伐树,还是去割稻?鸟儿还没叫,你们就出发了……"

唱完一首,我再接着唱下一首:"洁白的雪花飞满天,白雪覆盖着我的校园,漫步走在这小路上,脚印留了一串串……"

又一首唱完了,可我还想唱。那么,就让我接着唱吧:

"年轻的朋友们,今天来相会,荡起小船儿,暖风轻轻吹。花儿香,鸟儿鸣,春光惹人醉,欢歌笑语绕着彩云飞……"

我估摸着,一定是我的歌声,招引来了别的打虎队队员们。好不容易,我给自己止了困,一抬眼,影影绰绰的,我猛然看见,几个人影,正从芒草丛里闪现,又朝我急速移动过来。其中一个人影,我只看了一眼,便吓得突然停下了步子:那不是别人,是厂长,是戴着红色安全帽的厂长。看来,他兑现了自己说过的话,这一回,他是真的上山亲自督战来了。好吧,我也只好跟藏在医院楼顶上的那晚一样,对自己说:你他娘的,现在是一只老虎了,再也用不着这么怕他了。可没有用,我越这么想,那只红色安全帽,就越像一只长了脚的红灯笼,忽高忽低地,长了眼睛一般,高悬在半人高的芒草顶上,直直奔向了我。再加上,只要没有唱歌,我就又晕了,也困了,嘴巴边淌着涎水,两只眼皮子快要碰上。儿子哎,你爹我,只能送你到这里啦,厂长也好,打虎队队员们也罢,总不会丢下你不管吧?你爹我,只能忍痛,与你就此作别啦——轻轻地,我把他放在了路边,转过身,撒腿就跑,一边跑,一边唱："年轻的朋友们，今天来相会，荡起小船儿，暖风轻轻吹。花儿香，鸟儿鸣，春光惹人醉，欢歌笑语绕着彩云飞……"这歌声，这虎啸声，顿时便让满山满林都无法再平静下来，野鸡在飞，野猪在叫，树蛙一蹦一跳，刚爬出洞的穿山甲慌忙又爬回了洞里。而我再清楚不过，必须一口气，逃向一个可以活下来的地方，否则，那个字——死，就正在等着我。在我身后，打虎队队员们的呼喊声从没停下，枪声也持续不断，噼噼啪啪地，在榕树林里炸响，又在榉树林里炸响。但那个词儿，调虎离山，这一回，不是在幻觉里，而是在货真价实的逃亡路上，被我想了起来。对，还是回到山下的炼钢厂里去吧。不回炼钢厂，我还能逃到哪里去呢？所以，跟在之前的幻觉里一样，我一路往前疾冲。路过打虎队扎寨的那座河谷时，我从上游开始，就早早跳下了河水，屏住呼吸，扎着猛子，缓缓地，缓缓地，游过了吊桥，游过了众多窝棚和冒着热气的汤锅，这才湿漉漉地上岸，片刻没停，抖掉身上的水，再朝着炼钢厂的方向狂奔而去了。

　　终究，我还是把事情想得太简单了：花了一个多小时，真真切切，我顺利地跑下了镇虎山，将那些要我命的香水远远甩在了后头。渐渐地，脑子也清醒了起来，但那戴红色安全帽的厂长，还有打虎队队员们、枪、五股钢叉，他们却始终没有被我甩出去多远。我跑进了厂子，他们也追进了厂子，他们一进来，厂长便吩咐，赶紧把厂门关上。我知道，这是他们铁了心，要关门打狗，不，要关门打虎了。我也只有继续往前跑，跑着跑着，把所有迎面走过来的人都吓得逃散之后，我这才想起来，我其实是在往家里跑。这怎么能行？这不是在给我老婆，给我儿子引火烧身吗？于是，我拐了个弯，转而跑进另外一幢家属楼，一心想着，只要跑上天台，再跳到相邻的楼顶上去，我就又能再喘一会儿气了。结果，等我跑到顶楼，却发现通向天台的门被高耸着的煤堆给堵死了，不管我有多大的力气，一时半会儿，也没办法撞开它，只好掉头往回跑。刚跑到二楼，厂长带领的队伍也抵达了这幢楼底下，却并没鲁莽出动。厂长先让持枪的人走在最前面，其他人则跟在他们后面，把阵势布置妥当了，才一步步，缓缓地逼近楼洞口。我们的厂长，自己也端着一把枪，这些枪，跟我儿子的枪一样，都是人们自己偷偷在车床上做出来的。但是很明显，在所有的枪里，最好的那一把，正在厂长的手里端着。到了这时候，我哪还有什么退路呢？不自禁地，我吼叫着，在二楼的楼道里打着转。不知道什么时候起，原本已经止住了血的右前掌，又开始流起了血，疼得我啊，一口口地，倒吸着凉气。实在没法子了，我只好倒退两步，将一股蛮力全都灌到肩膀上，撞开了靠左那户人家的门。刹那间，门被撞开，我闪身而入。一个年轻的母亲，正在给孩子喂奶，见我进来，先是呆愣得什么都忘了，只是张大嘴巴，看着我，又突然惊呼着，紧抱着孩子逃进了厨房。我倒是根本没理会她，极短的时间之内，我来到阳台上，看清了地形，再一回，将蛮力灌到肩膀上，跳下阳台，跌落到一楼的铁皮棚子上，趔趄了几步，直起身，向着那口废弃了十多年的高炉，接着往前跑。

现在，天知道我到底怎么了？真正是，自作孽，不可活。在我年轻时第一回做炉前工的炉膛前，我用前爪把牢钢钎，对着并不存在的钢块，一下一下，敲击了好半天，敲着敲着，我就忘了自己早就是一只老虎了。可是，我为什么会是一只老虎呢？时间就像回到了我变成老虎的第一天，骤然间，我停下手里的活计，转而去揪住自己身上的一块皮，咬紧牙，想要把它扯下来。就好像，只要扯下这一块，我就能扯下更多的皮，直至最后，我这一整张虎皮，全都能像一件衣服，被我完全脱掉。只可惜，它们都是我的痴心妄想，扯了好一阵子，这块皮纹丝未动，一整张虎皮都纹丝未动。我怎么会就此甘心呢？随后，我奔来跑去，把扁铲，把夹钳和长短钩，轮番着，全用了一遍，"刘丰收啊刘丰收，"我的嘴巴里也没有停歇，一遍遍地，对自己说，"快回来吧，再不回来，钢水就要溅出来啦……""刘丰收啊刘丰收，"一遍遍地，我接着对自己说，"快回来吧，再不回来，炉灰就要把烟道给堵上啦……"如此行径，可谓狂妄至极，不马上就遭到报应才怪——等我稍稍冷静下来，再朝四下里看，这才发现，我之前的敲击声，还有说话声，让全厂子的人都找到了方向。瞬时之间，全厂各处，手电筒的光，火把的光，在夜幕里迅速集合，组成了好多条长龙。这些长龙，再快速移动，齐刷刷奔向了我所在的地方。要说起来，还是厂长指挥有方。为了避免不必要的战斗减员，在离我几十米外的地方，我们的厂长，手举着一只喇叭，对着各条长龙喊话。他命令，手里有火把的，全都扔出去，扔到荒草里，让它们烧起来，烧得越大越好。然后，手里有枪的，把枪端好，手里有五股钢叉的，也要时刻准备，刺出去，狠狠地刺出去。

又一次，我逃了出去。说起来，这还得感谢我们的厂长：现在毕竟还不是冬天，那些荒草，正半湿不干，就算烧着了，也烧得不脆生，一片片，都生出了浓烟。这些浓烟，升上半空，合在一起，形成了一道烟幕，将我所在的地方罩得严严实实，却把围拢过来的人们呛得咳嗽不止，打喷嚏不止。和他们相比，自香水战术实施以来，我就没有哪一天不需要憋着长气穿山入林，所以，这浓烟，伤不了我分毫，倒是让围捕我的人们纷纷退避。浓烟之下，我憋着长气，大致估摸了个人稍微少点的方向，在火与火之间，只奔行闪躲了一小会儿，荒草，高炉，围捕我的人们，以上种种，便要被我再一次逃脱甩下了。哪知道，我刚奔出荒草丛，一露头，迎面便看见，此前一直四处奔走着指挥战役的厂长，现在，恰好来到了我的正前方，与我只有一步之隔。一见之下，我被他吓到了，他也被我吓到了，一人一虎，你看着我，我看着你，都忘了跑，都忘了叫。最后，还是那顶红色安全帽提醒了我，挡路的人不是别人，是厂长！真是没用啊。随即，我的身体，便轻轻发了一下颤。这一颤，我就知道了，这场短暂的对峙，只能以我的失败而告终了。可我除了突破他，哪还有地方可去？好吧，厂长啊厂长，现在，我就看看你到底能把我怎么样吧，还有，你的脸，到底长着一副什么模样，我今天，非要认清了不可！话虽这么说，我的身体，却在继续出卖我：刚抬了一下眼睛，红色安全帽才入眼，我就又怂了，慌忙低头，左看看，右看看，偏偏就是不敢抬头看。我的四肢，忍不住地，也在一点点往后退。再退，就只有退到火海里去了。即便如此，厂长仍然不肯放过我。我在害怕什么，他像是已然了如指掌，腰更硬了，身板更直了，我往后退一点，他便往前进一点。奇怪的是，在如此要命的时候，我的脑子，走了神。明明是厂长在逼近我，我却觉得，是那顶红色安全帽，突然开始生长，变得越来越大，大得盖过了厂长，又自己长了眼睛和手脚，活似一口行走的红钟，朝我挤压了过来。

谢天谢地,就在这十万火急之时,在我眼前,在炼钢厂里,在镇虎山上,乃至在这一整座尘世上,一个不可能发生的奇迹,发生了——厂长何止是看穿了我,他已经看死了我,一步步,缓慢踱过来,他的脚,差不多快要抵住了我的脸,火都烧到眉毛了,一股委屈,一股巨大的委屈,却裹紧了我:厂长啊厂长,无论如何,我不能再往后退啦,再退,就是大火,就是死路,好歹,你给我,不是,你给老虎一个面子吧?我还是想多了,厂长不光没给我面子,相反,他想起了他的枪,一点都不避着我,伸出右手,取下左肩上背着的枪,端好了,一寸寸抬高,一寸寸抬高,说话间,便要瞄准我了。而我,一如先前,忘了腾跃,忘了猛扑,还在伸伸缩缩地往周边看,去看火,看烟雾,看还在淌血的右前掌,就是不敢看枪,不敢看那顶红色安全帽。"既然如此,别躲了,"如果我的脑子里还有一点点意识,这意识正在对我说,"就这样吧,死在这里吧。"更何况,除了红色安全帽和枪,远远地,更多听到动静的人们,也在快速地向着厂长和我聚集过来。我叹了口气,闭上眼睛,去迎接最后的结果。

也就是在此时，一声虎啸，毫无征兆，全没来由地，从镇虎山上离炼钢厂最近的密林里响了起来，震得厂长一哆嗦，也震得我一哆嗦。是的，我没听错，那就是虎啸声。这啸声，我喊出来过，张红旗喊出来过。天哪天哪天哪，这镇虎山上，除了我之外，莫非还有别的老虎？如果有，那么，它为什么从来都没有跟我谋过面？而答案却是肯定的：除了我之外，这镇虎山上，不光还有老虎，甚至还有好多只老虎。现在，它们虽说都没现身，却盘踞在各个山头上发出了啸声。这啸声，一声稍停，一声又起，合在一起之后，再去听，它们好似洪水即将泛滥。一旦下山，草和树，人和枪，乃至车间和剧院，全都要被卷走，全都留不下性命；又像八百个怒目金刚，手持金刚杵，指斥着山底下：再不放人，你们的大祸，就要临头了。到了这时，再去看厂长，再去看更多围捕我的人们，个个都在后退，个个都已魂飞魄散。等到厂长强撑着镇定下来，想起我，再看我时，我早就不见了，一溜烟地，跑远了。

第十九章

到我这个年纪，上山也好，下山也罢，最不能大意的，就是自己的腿脚。可偏偏，年纪越大，就越想家。所以，二十多年里，我们的炼钢厂，虽说早已不是当年的模样，前前后后，它改成过蓄电池厂，改成过游乐园和温泉度假酒店，每隔几天，我总归还是忍不住要下一回山。我还记得，我，我老婆，我儿子，我们住过的那个家，它被拆掉的时候，一连好几天，我都站在离厂子最近的山坡上，看着它们一点点化为了乌有，倒是并没有多么伤感，只是觉得，自己又老了一点。山谷里的好几条河床，当它们干枯的时候，我知道，我老了。还有那些抬头不见低头见的国家级保护动物，红狐，褐马鸡，白头叶猴，等等等等，当它们消失的时候，我知道，我老了。如满山里剩下的动物所知，现在，在这镇虎山上，我的一日三餐，不过是些蛇莓苋菜浆果之类，要是运气好，能够吃上一口荤腥，那也一定是它们自己瞎了眼睛，误打误撞地跑到我跟前来了。在它们眼里，别说什么百兽之王，不被它们笑话，我就得给它们拱手作揖了。这不，就在今天，连一只落了单的独狼，也敢打我的主意。它一路追着我，跑出密林，跑过吊桥，一直把我追上了红石岩顶上。

就算这样，后半夜，我还是忍不住，下山了。是的，越老，睡的觉就越少，还越喜欢看热闹。连呼带喘地，花了好长时间，我才一路避着人，进了从前的厂子——现在的工业遗产文创园。实际上，整座文创园里，除了一幢工业遗产博物馆已经准备就绪之外，其他的店铺场馆，都还在装修当中，但已足够我开眼界了。从前的轧钢车间，改成了一家密室逃脱俱乐部。因为主题不同，分割成了不同的区域，有盗墓和悬疑主题，有校园和探险主题。进去之后，我随意推开一扇门，却发现，门里头是女生宿舍的盥洗间，再一抬头，一个吊死在窗棂上的女学生，眼睛没闭上，正直直瞪着我呢。天老爷啊，我这个年纪，哪还能受得了这个呢，心脏顿时紧缩，心率急速飙升，赶紧掉头，逃得远远的。另外，过去的制氧车间，改成了一片辽阔的室内冰场，我刚拉开门缝，巨大的寒气就把我逼退了。还有过去的维修车间，改作了咖啡馆。当年那些油腻腻的车床，清洗干净之后，铺上桌布，变成了高脚餐桌，钢管焊成的高脚椅们，围绕着它们摆好。当年的它们，怎么会想到，时隔多年以后，各自换了这般模样再来聚首呢？最后，我去了工业遗产博物馆，一进门，我就吓了一跳——只一眼，我就看见了我自己：一排彩色的塑像，陈列在一楼大厅的正当中，从左往右，依次看过去，这些塑像，全都是炼钢厂历史上响当当的人物。就比如，第一任厂长，六十年代的全国劳模，八十年代的树新风全国先进个人，我哪里能想到，倒数第三个彩塑，竟然会是我呢？你看，那彩塑的底座上，清清楚楚刻着烫金的铭文：打虎英雄刘丰收。我抬起头，仔细盯着当年的自己，别说，这嘴脸，这眉眼，还真是一点都没走样。唯一让我觉得出了差错的地方，是我的头上，竟然戴着一顶红色安全帽。

想当年，正是那红色安全帽，差点就要了我的命：那天，当我从废弃的高炉底下逃脱，几乎同时，那镇虎山上的虎啸声，便戛然止住了。在漫长的时间里，人们却都在面面相觑，陷入了巨大的沉默，就好像，每个人都在问身边的人：那阵阵虎啸声，究竟发生过没有？当然了，厂长，乃至厂子里的所有人，迟早都要从震惊里清醒过来，清点队伍，对我展开新一轮的搜寻。所以，我最迫切的任务，还是要去找到下一个落脚的地方。仓促之间，我逢人便躲，躲着躲着，就逃进了厂剧院的后台里。在这里，我暂时是安全的，耳听得奔跑声呼喊声从剧院外面一次次闪过，我蜷缩在戏箱边上，捂紧了自己的嘴巴。过了一会儿，剧院外的动静变小了，我稍稍放心，去看我的周边，蟒袍和凤冠，刀枪棍棒和斧钺钩叉，全都挂在对面的墙上。也不知道是怎么了，看着它们，我竟然笑了起来：我这个命啊，可叫我怎么说？话说当年，剧团刚开张，为了跟张红旗拼一拼，我也参加过剧团的考试，指望着能在《武松打虎》里演上个角色。我打的算盘是，哪怕只能演个没有词儿的猎户，甚至去演那只假老虎，我也得拳打脚踢，先上了台再说。结果却是,猎户、假老虎,我一样都没演上。这剧院的后台,我一回都没来过,何曾想,现在,等我到了后台,我他娘的,却成了一只真老虎?也是奇怪,在这里,我就像是归了巢,回了窝。剧院外面下起了大雨,冷风吹得好几扇窗户哐当作响,而我却背靠着一件皮毛大氅,只觉得全身上下格外暖和,糊里糊涂地,我就睡着了。

再醒过来,已是黎明时分,天上的暴雨,越下越大,一声响雷,将我炸醒了。睁开眼睛,我也忘了自己身在什么地方,迷迷瞪瞪,站起来,走出了幕布,来到了舞台上。这下子,可就了不得了——可能是外面的雨太大,我睡着的时候,围捕我的人们,纷纷进了剧院躲雨,绝大多数人,都坐在座位上打盹,也有不多的几个人没睡着——这几个人,一见我突然来到舞台的中央,瞬时间便炸了锅,不迭地,推醒了身边人。到了这时,我的睡意才彻底消退,才看清楚围捕我的人们使用了什么致命武器:天可怜见,每个人的头上,都戴着一顶红色安全帽。什么都不用说了,这致命武器,显然是早就看穿了我的厂长分发下去的,却让我,深陷在抽搐里,进也不能,退也不能。对，一种我从来没有经受过的抽搐，到来了。每一秒钟，我的四肢都在止不住地跳动，我身上的骨骼们，无一例外，全在一寸寸地紧缩着。还有，两只眼球，不停震动，我看不见我的瞳孔，但我知道，它们也一定正在急剧地扩大。传说中的癫痫、狂犬病，发作起来也不过如此了吧。

再看那上百顶"红色安全帽"，转眼之间，或奔或扑，如癫似狂，组成一片红色的波浪，再齐头并进，朝着舞台中央涌动过来。而我，就跟《西游记》里那些马上就要被收服的妖怪一样，低着头，瑟缩着，仍不敢看那些"红色安全帽"一眼。是的，一眼都不敢看。"既然如此，别躲了，"我闭上眼睛，对自己说，"就这样吧，死在这里吧。"没想到的是，"红色安全帽们"明明已经捕住了我——我的头，我的肩膀，我的腿脚，都被他们按住了，突然，平地里起了波澜，有人将我往前拉扯，有人将我向后拉扯。没过多久，前后左右，个个都在抢夺我。这个说，我是被他捕到的，那个说，错了，我是被他捕到的。到后来，争吵没有用了，人们动起了手。有几顶"红色安全帽"，合在一处，干脆将我抬起来，举过了头顶，再一步步往外挪。为了防止其他人的抢夺，他们分工明确，专门留下几个人，手持着五股钢叉来断后。也正是他们，又一回，救下了我。此刻，身在他们的头顶，我的前方，是剧院的大门，远远看去，再没有"红色安全帽"挡路了，蓦然间，一个声音，也不知道从哪里传来，在问我：还不跑，你还在等什么呢？是啊，我还在等什么呢？不等了，我腾地站直，脚踩在成片的"红色安全帽"上，猛然发力。倏忽之间，我的身体，便离开了所有人，降落在一只座位上。眼见得事情在猛然间变成这个样子，我听见，有人喊了起来，要持枪的人赶紧开枪。我却顾不得他们，再次发力，从座位上高高跃起，跳过最后三排座位，踉跄着落地，奔出了大门。

一旦跑出剧院大门，再逃下去，就变得容易多了。沿着那条之前再熟悉不过的路，我狂奔着，来到了保卫科的院门口。这院门，直对着维修车间，也是没法子了，即便没有任何攀缘物，右前掌也还在淌着血，我硬是平地起跳，仅凭着墙上的几处坑洼，手抓着它们，脚踩着它们，三下两下，硬生生地，我便爬上了屋顶，连头都没有回一下。我再不下地，在一座座屋顶上继续往前跑。烧结车间的屋顶,连铸车间的屋顶,它们被我一一跑过,再避过好多一失足就会掉下去摔死的窟窿,穿过了好多花花绿绿的氧气管子氢气管子氮气管子,我仍在接着跑。最后,跑过脱硫车间的屋顶,终于,站在了货场的屋顶上。显然,再像从前一样,趁着门卫睡着,偷偷从厂门里进出,是绝对不可能的事了。不过,我的心里,早早就定下了主意——耳听得背后的喊打喊杀声在厂区里来回飘荡,为了剩下的体力还能救我的命,我甚至,在货场的屋顶上蹲下了,好好地喘气,好好地歇息。喘够了,也歇够了,我才重新起身,加速奔跑。货场的屋顶,辽阔而漫长,但是,这是最后的生机,不由得我不榨干自己。没跑两步,我就觉得,我的身体,飞了起来,它飞过了屋顶上堆积着的诸多杂物,飞过了厂区与镇虎山之间的围墙,以及围墙上被当初的巡逻队员们加高的刺网,也飞过了离厂区最近的山坡与灌木丛。最后,稳稳当当地,我被一片软绵绵的马齿苋给接住了。几乎就在落地的一瞬间,我的眼泪,涌了出来:镇虎山啊镇虎山,我,太苦了,我,又回来了。

现在，所有厂区里的人们，都被我远远扔下了，只要接着往深山里跑，我便至少再可以活上一阵子。可是，爹啊，妈啊，如你们所见，我到底得罪了谁？又或者，你们在九泉之下得罪了谁？是的，就在我迈开四肢，蹿出了那一大片马齿苋，再从一道密密麻麻的油麻藤里钻出去的时候，一声响雷，当空炸开。伴随着这声响雷，眼前的树林里，榉树背后，栗子树背后，松树枫树苦楝树的背后，几乎每一棵树的背后，都闪出了一个人。而且，每一个人的头顶上，都戴着红色安全帽。这下子，条件反射一般，我的身体上，像癫痫一样地抽搐，像狂犬病发作一样地抽搐，又来临了。那些"红色安全帽"，像是已经掌握了我的命门，并不急吼吼，而是一顶一顶，沉着地，慢慢向我漂移过来。而我，又变成了马上就要被收服的怪物，瑟缩着，也不敢看他们，一步步往后退。可我还能退到哪里去呢？我身后的追兵们，正在跑出厂区，那些喊打喊杀声，正在离我越来越近。还有，为了防止我再次逃脱，那些手里端着枪的人，二话不说，向着我所在的地方，开起了枪。幸亏，我身前的"红色安全帽们"，大喊起来，要他们停止开枪，免得误射了自己人，枪声这才停止下来。可是，在我身前，"红色安全帽们"已经聚拢了，好多支明晃晃的五股钢叉，也聚拢了。说话间，它们便要朝我猛刺而来。徒劳地，我低吼着，原地打转，也想将全身之力灌注到肩膀上，却并不是为了反抗，而是至少让我腾跃起来，再一次逃离"红色安全帽们"。没有用，一点用都没有：一只红色安全帽，没有戴稳，"哐当"落在岩石上，就那么一点声响，便让我一连打了好几个哆嗦。

到了这个时候，我也清楚地知道，可能只在分秒之后，"死"这个字，就要找到我了。更要命的是，天上的雷声，还在一阵紧接一阵。伴随着雷声，大风顿起，吹得满山的树都站不住，有的往东倒，有的往西倒，柳条和桑树条，轮番从我的皮毛上掠过。同时掠过我身体的，还有香水味。对，巨大的香水味，漫山遍野的香水味，又来了。它们一来，我就又晕了，我就又困了。而且，这一回的困，比任何一回都要更困，困得我，刹那之间，两只眼皮子就快要合上了。也好，我累了，爹啊，妈啊，你们的儿子，累了，要杀要剐，就由着他们去吧。这么想着，我的双腿一软，猝不及防地，睡着了。不过，我并没有睡着多久，很快，我便被一阵阵由远及近的声响给吵醒了。迷迷糊糊地，我睁开眼睛，却发现，天大的奇迹，再一回，降临在了我身上——在我身前，"红色安全帽们"不见了。低头看，我那快要腐烂的右前掌，伤口没了，结痂也没了，且看它，皮毛光滑，脚趾尖利，泛着象牙光，就像是，它从来就没有被我儿子的枪击中过。还有，我伸出鼻子，四下里，拼命地嗅，那些香水味，竟然也都消失了，被我嗅见的，只有草的味道，花的味道，鸟屎的味道和松香的味道。与此同时，我也终于听清，那将我吵醒的阵阵声响，不是别的，是虎啸声。这虎啸声，比前一晚来得更猛烈，也更无处不在：山顶上，山谷里，崖洞中，榕树林边，处处都像是埋伏着一只老虎。每一只老虎，都被佛祖或天神点了名，于是，它们接受了命令，齐齐发出了雷霆之声。这雷霆之声，叠加在一起，层层扩散，无止无息，令飞禽们跌落，让走兽们震颤，又怎能不让我身前的"红色安全帽们"，连同从厂区里追出来的更多的"红色安全帽们"，一个个，全都吓得逃回了厂区，重新将大门紧紧关闭了起来？我仍躺在地上，但是，从来没有什么时候，比我现在更加清醒。我知道，现在，我不在厂子里，甚至不在镇虎山上。天知地知，我不在奇迹之外的任何地方。不信你看，不信你们看：一条条山脊上，从山巅到山腰，再到山脚，所有的树林，都摇晃得格外厉害。再看那些树，既不向左，也不向右，只是向前挤压，就像一道道急浪正在向前翻滚，眼看着它们，一尺尺，一寸寸，快速地向着厂区逼近下来。你说，你们说，那不是一只只猛虎正在下山，还能是别的什么？至此，我的眼泪又涌了出来。"哭吧，兄弟……"我对自己说，"你就好好哭上一阵子吧……"哭了良久，我才长啸了一声，站起身，抖动皮毛和须发，向着一只只的猛虎们，狂奔而去。

然而，时至今日，二十多年过去了，那些老虎，从来没有一只，被我真正碰见过——那天，当我跑向它们，它们却已被天庭召了回去。只要我经过的地方，我都仔细辨认，最终，却连一只老虎的脚印都没看见。还有，那些虎啸声，也渐渐远去，直至停止。密林中，大地上，一切都沉默了下来，在沉默里，飞禽们仍未振翅，走兽们也还不敢露出马脚，跟我一样，它们照旧沉浸在之前的奇迹里，无法自拔。想了想，我不甘心，向着深山里跑，直至爬上最高的山峰，再举目四望，满目里，还是看不见除我之外的任何一只老虎现出身来。接下来，我干脆整夜不睡，站在崖顶上，继续扫视四方。我的两只眼睛，像两只小灯泡，天越黑，它们就越亮。所以，虽说没看见别的老虎，山下厂子里的动静，一五一十，倒是被我看得清清楚楚。连夜里，为了保护炼钢厂不被庞大的虎群侵害，市区里派出了好几卡车的武警，每隔十米，就布上一个岗哨，依次连绵下去，将整个厂子围得严严实实，如此，头戴着红色安全帽的人们才肯慢慢散去。第二天，来自全国各地的记者们，蜂拥着奔向了炼钢厂。这下子，人人都成了采访对象，人人都忙着接过话筒，再说得唾沫星子横飞，不用想也知道，管他说的写的还是拍的，都只有一个话题，那就是山上的老虎们。接下来的好多天里，厂子里还在不断来人，各级领导、动物学家、不知来历的外国人，还有炼钢厂职工的亲戚们，突破重重封锁从市区里前来看热闹的年轻人，等等等等，这厂子，就没有一天断过人。只是，可怜了这厂子，原本就走在了末路上，这么长时间折腾下来，产能只好逐日下降，高炉一座座停产。也不知道打哪天起，最后一座还在生产的高炉之上，也再没了浓烟。

一个月之后，武警们也撤走了。也是，来了这么长时间，武警们连根老虎毛都没见到过，不撤走，又能如何呢？几乎就在武警撤走的同一天，集团公司传下命令，自即日起，炼钢厂停止生产，所有在岗的工人，分批次，一律迁往南方，全都并入到集团公司下属的另外一家特钢厂里去。我儿子，因为他爹刘丰收被老虎吃了的缘故，不光顶了他爹的职，成了炉前工，还被分到了迁往南方的第一批名单里。被分在第一批名单里的，还有杜向东、王义和李好运，冯海洋冯舰艇兄弟俩，就连还没醒过来的张红旗，他们身为打虎英雄刘丰收的战友，一并都算作了在岗人员。这么一来，镇虎山上到底有没有老虎，如果有，究竟是多少只老虎，全厂上下，就又没人顾得上了。人人都在忙着打听，自己在没在迁往南方的名单里，如果在，究竟第几批才轮到自己？只有我老婆林小莉，儿子上没上岗、去不去南方，她都一概不管，终日里，只被一桩事情缠身——手举着一张纸盒板，再爬上一座座高炉，一站，就是一整天。那纸盒板上，照旧写着八个字：老虎吃人，严惩老虎。我还记得,她和我儿子去南方的那天早晨,我埋伏在镇虎山上离公路最近的荒草丛里,去给他们送别。当大客车开过来,我一眼便看见了她。她就坐在靠窗的座位上,先是盯着一整座镇虎山冷笑,而后,她猛然起身,扒开窗户,死活就要往车底下跳。我儿子一身蛮力,竟都拽不住她。于是,前后左右的人都来帮我儿子。花了好一阵子,林小莉才被死死摁住,摁住了,她也还是拼命抬起脸,对准镇虎山,一直冷笑着。

十年之后,我们的炼钢厂早已人去楼空,一部分厂区被改作蓄电池厂又宣告破产的时候,春天里,林小莉回来了,还上了镇虎山,来到了我的衣冠冢前。好巧不巧,那天黄昏,我在密林里游荡的时候,路遇了几颗见手青,一时兴起,又想起自己身为百兽之王,哪怕吃完了会发疯发癫,在这山中,也没有哪一个能奈我何。于是,大口大口地,我便吃下了它们,刚一吃完,我就发了疯,发了癫,耳朵边上,全是虎啸声。这虎啸声,真是久违了。莫非是,这一回,从未谋面的老虎们,终于认定我通过了它们的考验,可以加入它们的队伍里去了?要知道,十年里,我找它们找得好苦啊,现在,它们总算对我发出了召唤之声，要我归队。我岂能不追随它们，一座座山翻过去，一条条河蹚过去，直至最后，去跟它们耳鬓厮磨？不料，我刚跑到我的衣冠冢背后的密林里，一眼便看见了林小莉。有那么一阵子，我还以为，她只是身在我的幻觉里。远远看去，她一点也没变，就算到了这个年纪，还擦着粉，还抹着口红。直到我一步步挪动，悄没声地，挪到了离她只有两三步之远，听到了她对着坟头说的那些话，我才相信，她是真的回来了。

"刘丰收，跟你说件大喜事——"林小莉笑得真是欢喜啊，"你儿子，给你生了一对孙子，你没听错，一对，双胞胎！"

过了会儿，她又叹了口气说："只可惜，我快活不长啦，我得了癌症。这辈子，我只怕就能看你这一回啦……"

"对了，我跟你认个错吧，"一只喜鹊，也不怕她，飞过来，停在坟头上，啄食着草籽，她便盯着那只喜鹊去看，"前两年，没想过会得癌症，又没经得住人劝，我嫁了个老头。那老头的名字，也叫刘丰收……"

说完了，歇了一会儿气，她又接着说："刘丰收，你救救我吧。儿子说，我要做五次化疗才行，刚做了一回，我就受不了了，成天疼，成天吐。这日子，到什么时候才是个头啊？"

"对了对了，我在跟人学着念经呢，《楞严经》。经是好经，就是不明白说了个啥——"她又笑起来，"什么无有是处，什么住在身外，什么在堂不见如来……一句都听不明白。要不，你给我说说？"

林小莉说出的那些话，一时叫我想笑，一时又叫我想哭。末了，为了不吓着她，我还是把嘴巴紧紧闭上了。更何况，我还在幻觉中，阵阵虎啸声，仍然在从群山背后传来。它们穿过林梢，穿过崖壁与风声，直抵我，再告诉我：快来吧，快来吧。这么一来，我便根本抵抗不住，不自禁地后退，不自禁地奔跑。跑了一小会儿，终究忍不住，在一棵栗子树底下站住，再回头去看林小莉。林小莉也累了，背靠着衣冠冢的坟头，像是睡着了。不过，就这一阵子的迟疑，群山背后的虎啸声便骤然紧急了起来。那啸声里，有大鼓被敲响，不由得我不急行军；有旌旗哗啦啦作响，不由得我不快马加鞭，早早跑进我的阵营。好吧，小莉哎，这一回，我是真的要走了。只是，临别之际，我有几句话，不管有没有用，不管你信不信，还是想说给你听：天色不早了，太阳也快落山了，笑完了，哭完了，你也早早下山，回你的南方去吧。回到南方，你要好好化疗，一次不行，就再来一次，说不定，不到五次，你也就不吐不疼了；回到南方，你还得好好念经，听我的，只要念下去，总会有人对你说明白，什么是无有是处和住在身外，什么是在堂不见如来。这个人，不是这个刘丰收，就是那个刘丰收；就像我，此一去，哪怕还是找不到老虎们。不要紧，今天找不到，明天我再接着找；今年找不到，明年我再接着找。就像这镇虎山上，每一年，春天一到，满山里就会开花。最先开的，是梅花；梅花开完了，杏花接着开；杏花还没开完，野山桃花又开了；再往下，海棠花和野樱花，杜鹃花和山茶花，全都会接着开。